君に降る光、注ぐ花

神奈木 智

幻冬舎ルチル文庫

C O N T E N T S ✦目次✦

君に降る光、注ぐ花

✦カバーデザイン=chiaki-k(コガモデザイン)
✦ブックデザイン=まるか工房

イラスト・テクノサマタ✦

君に降る光、注ぐ花

頬《ほお》に当たる雨を、冷たいと感じなくなった。

ああ、もう夏が来るんだな、と高岡和貴《たかおかかずき》は思いながら、曇った空を見上げる。七月に入ってから、街に降った最初の雨だった。

「やべぇな。俺、今日傘持ってきてないわ」

遅れて昇降口から出てきた由利沢武《ゆりさわたけし》が、チッと舌打ちをしながらボヤいている。それを耳にした和貴は呑気《のんき》な顔で微笑《ほほえ》んだ。

「いいじゃん。まだ本降りじゃないし、駅まで走っていけば、さして濡《ぬ》れないよ」

そう慰めたが、由利沢は下ろしたばかりの革靴が気になるらしく、あまり聞いていないようだった。

確か、昨夜の天気予報は雨の確率二十%だったのだから、友人が渋い顔をするのも当たり前だ。和貴も、洗ったスニーカーを庭へ出しっぱなしにしてあるので、母親が見つけてちゃんとしまってくれるか、ちょっと不安になった。

「ま、ボヤボヤしてると、もっと降ってきそうだかんな。高岡、走るぞ」

「ああ」

由利沢が覚悟を決めて、大股《おおまた》で走り出す。その後を和貴がついていこうとした時、不意に前方から誰かがぶつかってきた。

「痛ッ」

「あ、ごめん！」

思いっきり右肩に衝撃を受けて、反射的に和貴は声を上げる。相手も驚いたようにその場に立ち止まり、こちらの様子を慌《あわ》てて覗《のぞ》き込んできた。

「本当に、ごめん。急に雨が降ってきたんで、急いでたんだ。どっか、怪我《けが》したか？」

「いや……大丈夫。そっちは……？」

「俺？　俺は、頑丈にできてるから」

声の主《ぬし》はそう言っておどけたが、何げなく視線を上げた和貴は相手の体軀《たいく》を見て、なんて答えたらいいのか一瞬返事に困ってしまった。

頑丈だから、と本人は言うが、ぶつかられた和貴より相手の方がよほど華奢《きゃしゃ》な身体《からだ》つきをしている。夏服だから余計に目立つのかもしれないが、身長は同じくらいなのに、腕の細さが尋常《じんじょう》ではないのだ。腕だけではなく、長めの首も腰も和貴より一回りはほっそりしている。成程《なるほど》、こんな尖《とが》った肩に勢い良くぶつかられたのだから痛いのも道理だよな、と妙な納得までしてしまった。

「あれぇ、おまえ時田《ときた》じゃないか。なんで、うちの学校に来てるんだよ」

何事かと戻ってきた由利沢が、彼を見て親しげに声をかけている。時田という名前を、和貴はなんとなく胸の中で反芻《はんすう》した。

「久しぶりじゃん。長谷校《はせこう》の奴ら、元気か？」

「ああ、元気、元気。そうだ、今度は撫子女子《なでしこじょし》と合コンするから、よかったら由利沢も呼ぶよ。あそこのテニス部は、可愛《かわい》い子が多いからな」

「マジ？　おまえ、この間みたいに抜け駆けすんなよなぁ。そんで、今日はどうした？」

「剣道部の地区大会、俺らの学校でやるからさ。その詳細を話し合いに、県南の部長は今日集まることになってるんだよ。俺んとこ、部長が夏風邪でダウンしちゃったんだ。だから、今日はその代役」

へぇ、剣道やってるんだ……と、話を聞いていた和貴は少々驚く。見かけはあんなに細くて、髪も肌もずいぶん色素が薄い感じなのに、彼が潑剌《はつらつ》とした雰囲気を持っているのはそのせいか。

「ところで、こっちは？　友達？」

ボンヤリ二人のやり取りを見ていたら、彼が突然こちらを振り向いて由利沢に尋ねてきた。由利沢がそうだと答えると、そっとためらいがちに和貴の右肩へ手を伸ばしてくる。彼は別人のようにひっそりとした声で、「……もう平気？」と言った。

「俺、かなりまともに体当りしただろう？」

「だっ、大丈夫。驚いたんで、こっちもちょっと大袈裟《おおげさ》な声が出ただけだよ。それより、時間はいいのか？　話し合いがあるんだろう？」

「いけね、そうだった！」

パッと肩から手を外し、慌てたように今度は由利沢の腕を摑《つか》んで引き寄せる。そのまま素早く手首の腕時計に目をやった彼は、「まずい」と小さく呟《つぶや》いた。

「由利沢、合コンの件はまた連絡するわ。おまえ、携帯料金ちゃんと払ってる？」

「これから払うって。来週なら、ヨユーで通じてるから」

「わかった。それじゃな」

あっさり会話を終わらせると、彼はそのまま校舎へ向かって走り出した。

昇降口に消えた後ろ姿はやっぱり不安を覚えるほど華奢で、和貴は不意にもう一度声をかけて呼び止めたい衝動に襲われる。しかし、さすがに実行するのはためらわれた。

「相変わらず、忙しい奴……」

由利沢が漏らした感想に、思わず和貴は隣を見る。物問いたげな視線を感じた由利沢は、苦笑にも似た笑みを浮かべながら言った
「言っとくけど、時田って剣道部じゃないんだぜ。……ていうか、正確に言えば元剣道部員だな。でも、俺らもう高二じゃん？　受験勉強と女の子で手いっぱいだからって理由で、先月やめた筈《はず》なんだよな。ま、長谷校の剣道部は弱小だから、なんだかんだ言って駆り出され

てるのかもしんないけどさ。口だけは上手《うま》いかんな、あいつ」

「女の子か……。なんか、それほど遊んでるって感じでもなかったけどな。清潔感あるし、からっとして明るいし」

「ん～……女受けいいルックスしてるからなぁ。ま、お陰で俺なんかしょっちゅう合コンとか呼んでもらえるから、感謝してるけどね」

「ふぅん……」

しみじみと考え込んでしまった和貴を見て、由利沢はどうやら勘違いをしたらしい。ニヤニヤと笑いつつ、人差し指で背中をつついてきた。

「なんだよ、高岡も合コン呼んで欲しいのか？　よしよし、おまえもやっと色気づいてきたわけか。友達としては、協力してやらんとな」

「……そんなんじゃないって。俺はただ……」

「いいから、いいから。今度、時田にちゃんと紹介してやるよ。あいつ、人なつこいし顔もあちこち広いから、きっと可愛い子集めてくれるぞ」

「違うって。俺は単に」

ムキになって言い返そうとした途端、いきなり雨の降りが激しくなった。由利沢はハッとして足下に目をやると、「うわ～っ、俺のクラークスが！」と大騒ぎをする。話に夢中になっていて、うっかり靴のことを忘れていたらしい。

「まずい、高岡。急ごう！」

「あ……」

由利沢に背中をパンと叩《たた》かれて、和貴はなんだか夢から覚めた気分になる。そうしている間にも、大粒の雨のせいでみるみる視界が悪くなっていった。

（あいつ……帰りどうするのかな……）

自分だって傘を持っていないのに、なんだか時田のことが気にかかる。遠くからは由利沢の「早く、早く」と急《せ》かす声が聞こえていた。

後ろ髪を引かれる思いはあったものの、雨の勢いに負けて和貴は仕方なく走り出す。走りながら、時田の薄茶色の髪の毛は雨にぬれたらどんな色になるのだろうと、ふとそんなことを考えた。


「高岡くん。五番テーブルのお客さまに、コーヒーのお代り訊《き》いてきてくれる？」

同じバイト仲間の女の子に頼まれて、カウンターの清掃をしていた和貴は「え？」と顔を上げる。二十四時間営業の店内は一部を除いて現在清掃中で、今の和貴は作業の真っ最中だったからだ。日曜の深夜ということもあって客もまばらで、フロアの人手が特に足りないというわけでもない。

和貴の不思議そうな様子を見て、彼女は言い訳するように付け加えた。

「なんかね、険悪な雰囲気なの。どっかのバンド仲間かなんかみたいなんだけど、さっきから言い争ってるのが聞こえるんだ。ちょっと怖いから……ダメ？」

「なんだ、そんなことなら構わないよ。ちょっと待ってて。手、洗ってくるから」

ホッとする彼女に微笑みかけ、和貴は急いで厨房《ちゅうぼう》の洗面台へ向かう。

掃除に熱中していたのでちらりとしか見ていないが、確かに彼女の言う通り、五番テーブルの客たちは少々不穏な雰囲気ではあった。年格好から察するに普通の高校生のようだが、傍《かたわ》らに楽器のケースが置かれているので「バンド仲間みたい」と思われたのだろう。

店内で客同士のケンカが始まりそうな時は、まず水かコーヒーのお代りにかこつけて様子を見てくるように、とマニュアルに書いてある。本当はフロアマネージャーの役目なのだが、生憎《あいにく》と休憩中で姿が見えないため、お鉢が和貴に回ってきたようだ。

様子を見るくらい、どうってことはないさ、と和貴はさして緊張もせず、コーヒーポットを手にした。

「おまえら、何が言いたいわけ？」

和貴がテーブルに近づいた時、こちらに背中を向けて座っている一人がウンザリしたような声を出した。その迫力に他の三人は僅《わず》かに怯《ひる》んだ様子を見せたが、多勢の強みですぐに何か言い返す。合間に女の子の名前が出てくることから、どうやら責められている一人が目立ち過ぎだと言われているらしい。皆の気に入っている子が、そいつにばかり親切なのが不満のようなのだ。

今日の練習でもさ、と別の一人がふて腐れた態度で言った。

「ちょっとクラシック齧《かじ》ってたからって、一人で気取られちゃ白けるんだよな。俺らは、あくまでロックバンドなわけだし」

「誰が、いつ気取ったよ？　亜季《あき》が俺を褒めたのが気に入らないなら、はっきりそう言えばいいだろ。第一、高い金出してスタジオ借りて、おまえら何がしたいの？　女にモテたいって思うのはけっこうだけど、それでこっちに八つ当たりされたら迷惑なんだよ」

「なんだとっ」

「ピアノ弾ける人間が必要だって、そっちが泣きついてきたから協力したんだ。それなのに、あ～あバカバカしい……。俺、もう帰るわ。けど、一つだけ言っておく。亜季が褒めたのは俺のルックスじゃなくて、あくまで実力の方だからな。それは認めろよ」

「おまえなぁ……！」

「才能ないんだから、練習くらい真面目にやれよな」

きつい捨てゼリフを吐くと、そいつはおもむろに立ち上がる。

声をかけるタイミングを待っていた和貴は、ようやく振り向いた顔を見て「あ……」と言葉を飲み込んだ。

「あれ、もしかして……？」

向こうも和貴が誰だか、すぐに思い出したようだ。不機嫌だった目付きが柔らかくなり、口許《くちもと》がたちまち人なつこい微笑を刻む。他の三人はわけもわからず、胡散臭《うさんくさ》そうな顔つきで二人を交互に見ていた。

「由利沢の友達だ、そうだろ？　この間、学校で会ったよな。そう……雨の降った日」

「ああ、俺のこと覚えてたんだ。背中向けて座ってたから、俺も全然気がつかなかったよ。ごめん、わかってたら何かサービスしたんだけど」

「構わないって。こいつら、人の親切がわかる頭なんかないから。なぁ？」

まともに嫌みを食らった三人は瞬時に気色《けしき》ばんだが、言いたいことを言った彼はさっさとレジへ歩き出す。

和貴が慌てて後を追いかけると、小声で「ほらな、殴りかかるような度胸もないんだよ」と心底バカにしたような声を出した。

自分の分だけ支払いを済ませると、彼は和貴が手に持ったコーヒーポットへ目をやり、不意に気落ちした顔になる。どうした？　と目で問うと、「飲み損ねた」と本気で残念そうに呟いた。その様子は、子どもが外れクジを引いた時にそっくりで、ついさっき偉そうに啖呵《たんか》を切っていた人間とはとても同じには見えなかった。

「コーヒー好きなのか？　じゃ、奢《おご》ってやるから別のテーブルに座り直せよ。でも、ファミレスのコーヒーなんて、そう美味《うま》いもんじゃないと思うけど……。まぁ、そんなこと俺が言ってちゃまずいか」

「そうだよ。でも、残念だけど今夜はもう帰る。十二時回ったからね」

「童話みたいなこと、言うんだな」

「なぁ、名前は？」

唐突に話を変えて、彼は和貴の目を覗き込んでくる。茶色い瞳に見つめられ、どこか居心地の悪い思いに耐えながら、和貴は答えた。

「……高岡だよ。高岡和貴。由利沢とは、同じクラスなんだ」

「そうか。俺は、時田東弥《とうや》。長谷校の二年で……」

「知ってる。由利沢に聞いたよ。実は、剣道部員じゃないこともね」

「うわ。あいつ、そんなことまで。ブッ殺す」

東弥は本当に決まりが悪いらしく、初めて表情に気弱なところが生まれる。それが細い身体や甘い顔立ちによく映えて、見ていた和貴は落ち着かない気分になってしまった。

「俺、そろそろホントに行かなくちゃ。高岡って、ここに毎日入っているのか？」

「そうだな。時間が空いてる時は、大抵ここで働いてるよ。だから、また来いよ」

「………」

「どうした？」

「いや、金が目的じゃないのかな、と思って」

ドキリとした。普通なら「そんなに稼いでどうすんだよ」と言われるところだ。妙に敏《さと》いセリフを吐いて、東弥はニコッと無邪気に笑う。一瞬、和貴は自分の迂闊《うかつ》な言葉を悔《く》いたが、彼はそれ以上余計なことは訊いてこなかった。

東弥が「じゃあ、また」と手を振って店から出ていってしまうと、まるでそれを待っていたように、先ほどの三人がレジへやって来た。誰一人見覚えがなかったので、和貴は多分長谷校の生徒だろうと当たりをつけた。

和貴の通う北野《きたの》高校と長谷高校は最寄り駅が同じで場所も近いため生徒同士の交流も盛んだが、委員会や部活動を何もしていない和貴には他校の生徒となると誰が誰やらさっぱりわからない。

彼らが出ていこうとしたので、和貴は習慣で「ありがとうございました」と声をかけたが、一番背の高い男が何を思ったのかくるりと振り向き、「おまえさぁ……」と口を開いた。

「時田と仲いいみたいだけど、あんまり信用しない方がいいぜ、あんな奴」

「え？」

「外面《そとづら》がいいから初めは気を許しちゃうけど、結局は自分のことしか考えてないからな」

「そうそう」

と、別の一人が相づちを打つ。ちょっとクラシックを齧ってるからって、と卑屈な物言いをしていた奴だ。

「あいつの頭の中はね、女と自分のことしかインプットされてないんだよ。音楽なんか、ちっともわかっちゃいない。大体、ピアノだってとっくにやめてるんだろ？　剣道にしろなんにしろ、続いたためしがないいんだからさ」

「剣道部の奴らも、人がいいよな。ふざけた理由で勝手に退部したのに、未《いま》だにちゃんと付き合ってやってるもんなぁ」

「……それが、なんか悪いのかよ」

聞いている間にムカムカしてきて、思わず言葉が口をついて出てきた。

「おまえら、何を情けないこと言ってんだよ。ピアノやろうがやめようが、そんなの本人の勝手じゃないか。もし、本当にあいつが嫌な奴だったら、誰も相手なんかしない筈だろ。音楽がわかんなかったら、なんだって言うんだ。要するに、あんたらは時田を妬《ねた》んでるだけじゃないか。だったら、それをネタに曲でも書いた方がよっぽど建設的だよ」

「なんだと……」

まさか店員から言い返されるとは思いもよらなかったのか、彼らはたちまち険悪な顔つきになる。和貴も、負けじと三人を睨《にら》み返した。

わけもわからず、ただ無性に腹が立って仕方がない。今がバイト中で相手はお客だという事実も、もうすぐマネージャーが休憩から戻ってくるということも、すっぱりと頭から消えていた。

「とにかく、俺にそんなくだらない話をするヒマがあったら、一分でも多く練習すればいい。いくら時田を悪く言おうが、自分たちに実力がなけりゃ惨めなだけなんだよ」

自分でも、どうしてこんなにムキになるのか、さっぱりわからなかった。

和貴は東弥のことなどほとんど知らないし、この三人に本当は実力があるのかないのかもまるきりわからない。ただ、彼らは東弥を悪く言った。だから、自分にとっても敵なのだ。そういう感覚でしか、物が話せなかった。

「――高岡、おまえ何やってるんだ！」

緊迫《きんぱく》した空気を破って、奥からマネージャーが飛んでくる。紺色のスーツに身を包んだ彼は、名札のプレートを光らせながら、怒りで真っ赤になっている三人組の前へ出た。

客商売なのだから仕方ないが、事の是非を問う前にマネージャーから謝罪の命令をされ、和貴は内心激しい反発を覚える。図に乗った三人は他の客にも聞こえよがしに文句を言い始めたが、それでも和貴は唇を動かさなかった。

結局、店から詫《わ》びの印として千円分の食事券を奪い取り、意気揚々と彼らは帰って行った。だが、それだけで済む筈もない。和貴は、マネージャーから「後で事務室へ来るように」ときつく申し渡された。

「高岡く〜ん、まずいよぉ。クビかもよ？」

一部始終を見ていたバイトの女の子が、心配そうに話しかけてくる。だが、間近で和貴の顔を見るなり、拍子抜けしたような声を上げた。

「どうしたの、高岡くん？」

「え、何が？」

「だって……笑ってるよ？」

言われるまで気がつかなかったが、そうか、自分は笑っているのかと思うと、ますます爽《そう》快《かい》な気分になってきた。

ろくな付き合いもない、極めて一方的な知り合いを意地になって庇《かば》い通した自分を、東弥が知ったらなんて言うだろうか。あの薄茶の瞳を光でいっぱいにして、少し誇らしげに微笑むかもしれない。その顔が見たいな、と和貴は思った。

バイト仲間が怪訝《けげん》そうな視線を送る中、帰る時間が来るまでずっと和貴はご機嫌だった。


あれは、ひょっとしたら東弥ではないだろうか。

夜のファミレスで会った日以来、街中や駅のホームを歩いている時、そう思って足を止めることが和貴の癖となった。実際には、あれから一週間近く東弥に会うことはなかったし、由利沢からもなんの噂《うわさ》も聞かなかった。

夏も近いというのに、日によって暑かったり寒かったり、まだまだ季節は不安定だ。そろそろ期末試験のことも気になりだす頃だが、進路を決めかねている和貴にはあまり切迫したものも感じられず、やっぱり東弥によく似た人間を見かけては、あっと思い立ち止まる日々が続いていた。

だが、和貴はとうとう東弥に会った。

それは、朝から小雨が降っていた放課後だった。会った、と言うよりも正確には見かけただけなのだが、思わず和貴は「あっ」と小さく声を出してしまった。

学校を出てから雨がやんでいることに気づき、和貴は差していた傘をたたんで地面へ下ろしたのだが、その瞬間広がった視界の前方に東弥が歩いていたのだ。

生憎と彼は一人ではなく、同じ長谷校の制服を着た可愛い女の子と一緒にこちらへ向かってくるところだった。和貴がうっかり出した声には、まったく気がつかないようだ。

どうしよう、声をかけてみようか。

段々と近づいてくる二人を見て、和貴の鼓動は少しずつ速くなっていく。だが、いざとなると何を話しかけたらいいのか頭が真っ白でただ戸惑うだけだった。

東弥が一人だったら、あるいは簡単だったかもしれない。けれど、女の子と一緒にいる場面など、和貴は全然予想をしていなかった。

（あ、ダメだ）

そう感じたら、再び傘を開いていた。

パッと咲いた緑の傘に驚いたのか、二人は通りすぎる時一瞬だけ足を止める。だが、すぐにまた何もなかったように歩き出した。

ああ、行っちゃうな……と、和貴は気落ちして俯《うつむ》きかける。

その時だった。

「なぁ？　もう雨やんでるよ？」

東弥の声が雨上がりの空気に染み透《とお》り、猫背になりかけた背中を包んだ。

「おいってば、そこの人。雨が……」

「よしなさいよ、時田くん」

連れの女の子にたしなめられ、東弥は半ばで口を閉じたようだ。顔は傘で隠していたので、特に和貴だと知って声をかけたわけではないのだろう。それでも、声を聞いた瞬間から胸は音楽のように高鳴っていた。

けれど、せっかく注意を受けても、ここで傘を外してしまうわけにはいかない。今更どんな顔をして東弥と話せばいいのかわからないし、第一とても決まりが悪かった。

無視して行こうかどうしようかと悩んでいる間に、どんどん時間は過ぎていく。実際にはほんの三十秒かそこらのことだっただろうが、和貴には途方もなく長い時間に思われた。

「時田くん、いきましょ。遅れちゃうわ」

業《ごう》を煮やした口調で、女の子が東弥を急《せ》かし始める。二人が歩き出した気配を感じ、和貴はホッと胸をなで下ろすと、自分もそそくさとその場から立ち去った。

しばらく早足で進んでから、もういいだろうと恐る恐る後ろを振り返る。どこかで横道に入ったのか二人の姿はなく、遠くの土手まで淋《さび》しく見通せた。

「……そりゃ、そうだよな」

ふうっと長い吐息をついて、和貴は傘を広げたまま地面へ下ろす。駅とは反対の方向へ、東弥は彼女と何をしに出かけたのだろうか。決して狭くはない舗道で、わざわざ女の子連れの彼とすれ違ってしまうなんて、なんだか最低のタイミングでがっかりした。

「ちぇっ……」

湿気を帯びた夕暮れの風は肌寒く、和貴は自分の身体を抱いて軽く身震いをする。目に鮮やかな緑の生地が、東弥をもう一度振り向かせたらいいのにと、ふと矛盾したことを考えた。

女の子が隣にいて、明るい調子で話しかけられても、東弥はどこか印象が儚《はかな》くてまるで散り際《ぎわ》の花みたいだったと和貴は思う。身体が細いからだけではなく、初めてぶつかってきた時と比べると、少しだけ存在感が希薄に感じられたせいかもしれない。

もしかしたら、雨上がりの光の加減のせいかな、と空を見上げて、どうして自分はこんなに東弥のことばかり気にかけているんだろう、と急におかしくなった。

確かに、考えれば考えるほど変な話だ。向こうは和貴のことなど忘れて、楽しく毎日を過ごしているに違いないのに、どうして自分ばかりがこんなに東弥の面影を探してしまうのだろう。しかも、彼とはたった二回短い会話を交わしただけなのに。

「……やめとこ」

空から視線を戻し、和貴はポツンと呟く。無理に答えを知る必要などないし、それでは第一楽しくない。小さな街の中で、こうして誰かの存在を気にかけて生きるのは初めての経験で、ささやかな喜びさえ和貴は感じていた。

どこかで偶然出会い、誰かから不意に噂を聞かされる。そういうささやかな楽しみがあるのも悪くない、と思うのだ。付き合っている彼女でもいれば別かもしれなかったが、現在の和貴には特定の彼女はおろか好きな子もいなかったので、余計にそう思うのかもしれない。

ただ、相手が同年代の男だ、というのは多少引っかかるところではあったが。

「ま、いいか」

何も付き合おうとか好きだとか、そういう具体的な感情で動いているわけではないし、誰に迷惑をかけるというものでもないのだから。

「……またな、時田」

和貴は傘を持ち上げ、くるくると肩にかけて回しながら小学生のように家路を急いだ。

「高岡、おまえヒマになったんだろ？　バイトしねぇ？」

東弥と偶然すれ違った翌日の昼休み、由利沢が唐突にそんなことを言ってきた。

購買のパンを買って教室へ戻ってきたばかりの和貴は、いきなりな話に面食らってすぐには返事が出せない。それもその筈で、バイト先のファミレスをクビになったことをまだ誰にも教えていなかったからだ。

「バイト……って、どんなヤツ？」

「うん、短期なんだけどさ。一週間、市民プールの掃除をするって地味〜なヤツ。でも、監視がなくて自由だし、夏休みの間中プールもタダで利用できるんだと。まぁ、はっきり言って時給は大したことないけどさ。けっこう面白そうなバイトだぜ？」

「……それはいいけど、由利沢」

「ん？」

「どうして、俺がヒマだって知ってるんだ？　俺、バイトやめたって話してないよな？」

素直に疑問をぶつけると、由利沢はしばし笑顔を凍りつかせていたが、やがて気を取り直したように気安く和貴の背中をバンバンと叩いてきた。

「おいおい、俺たち友達じゃん。おまえが、最近ヒマそうにしてることくらいは、ちゃんとお見通しだって。そんで？　やるんだろ？」

「友達ねぇ……」

明らかにごまかしている感じがしたが、問い詰めるほどのことでもないかと、和貴はそれ以上の追求を諦《あきら》める。由利沢が自分を騙《だま》したりする筈もないし、正直言って新しいバイトを探していた時でもあるので、一週間なら当座に働くのには申し分なかった。

「なぁ、市民プールってどこにあったっけ。そういえば、俺行ったことないなぁ」

「お、やる気になってくれたか？　そうだな、学校から直行するならバスが出てるよ。場所は街外れだけど、二番と五番の路線なら校門前から二十分ちょっとで行ける」

「そうか……」

すぐに承諾してもよかったのだが、少しの間和貴は考えた。プールの掃除なんてやったことがないので、それが少々不安だったのだ。

それに、全部一人でやれなんて言われたら、それこそ安い時給とタダ券くらいでは引き合わない。

「あ、その点は心配しなくても大丈夫。俺が、おまえと一緒に働くから。実は、俺の兄貴から回ってきた話なんだよ。ほら、あいつ市役所に勤めてるじゃん？　毎年口コミで頼むらしいんだけど、今年は捕まんなかったんだと」

「ふぅん」

由利沢も一緒なら、まぁいいか。

そう思った和貴は、明日から放課後の三時間をプール掃除のバイトに費やすことに決めた。和貴の承諾を聞き、由利沢が心底ホッとした顔になる。「じゃ、明日」とあまり念を押してくるので、よほど人が足りないのでは、とまた少しだけ心配になった。

「しっかし、地道と言えばこの上なく地道だよなぁ。十七の夏とくれば、プール洗ってる場合じゃないだろって気がしないでもないけど」

話がまとまったので気が楽になったらしく、昼食を食べている最中に由利沢は改めてそんな軽口を叩いてくる。向かい合わせの机でハムサンドを齧っていた和貴は、「じゃあ、どんな場合なんだよ」とまぜっかえしてやったが、由利沢は急に真面目な顔になり「そりゃあ、彼女の一人でも作ってさ。満喫するんだよ、青春ってーヤツをさ」などとどこかで借りてきたようなセリフを口にした。

「出会いもないまま夏が終わったら、後はもう受験一色になるし。空《むな》しすぎるよなぁ」

「おまえ、撫子女子と合コンするんだろ？　それなら、まだチャンスはあるじゃないか」

「合コン？　うん、まぁなぁ……」

和貴の励ましにもさほど気が乗らないのか、由利沢は箸《はし》を持つ手をふと休めると、窓の外に広がる濃い空色に目を向けた。

「……プール掃除だって、カノジョと一緒ならきっと楽しいんだろうな。去年までバイトしてたのって、元水泳部のカップルだったんだってさ。いいよな、水着を着たカノジョと夕方まで二人っきり、しかも貸切り状態だぜ？　まぁ、結局別れちゃったから俺たちに仕事が回ってきたらしいけど……」

「おい、こっちまで暗くなるような話するなよ」

「好きな相手となら、何してたって楽しいじゃないか。そりゃ合コンも面白いけどさ、大勢の女の子から適当なタイプを見繕うってノリが、時々空しくなるんだよ。たった一人、それがたとえ片想いでも、好きな子がいればきっと毎日が全然違ったものになるじゃないか。……そういう夏が過ごしたいんだよ、俺は」

　珍しくしんみりとした口調でそう言うと、再び由利沢はガツガツ弁当を食べ出した。色気から食い気への見事な変換に、和貴は感心しながら由利沢の言葉を胸で反芻《はんすう》する。

　好きな相手となら……というフレーズで、自然に東弥の顔が浮かんできたが、それが普通の感覚ではないことに気づいたのは、それからだいぶたってからのことだった。


　翌日の放課後。

由利沢が遅れて行くというので、仕方なく和貴は一人でバスに乗り込んだ。

初日からこれでは先が思いやられるな……と、内心はため息ものだったが、もともと由利沢が持ってきたバイトなのだからあまり文句も言えない。事前に言われた通り、ジャージとビーチサンダルの入ったカバンを膝《ひざ》に乗せ、和貴は一人掛けのシートに凭《もた》れかかると流れ行く窓外の景色をボンヤリと見つめた。

(なんだか……何もかもピントが合ってて、エネルギッシュな眺めになってるなぁ……)

世の中は、こんなにも元気だったろうか。

七月の気候のせいか見るもの全てが色鮮やかで、暑いのが苦手な和貴はその力強さにかなり圧倒される。午後も三時を回ったというのにまだ日は高いし、視界を染め上げる強烈な青空が緑の葉影をより一層濃く見せていた。

(あ、ナツツバキ)

通りすぎた民家の軒先を見て、無意識に胸でそう呟く。

自宅の庭にも同じ木が植えてあるが、花どころか蕾《つぼみ》にすら注意を払った覚えがなかったので、他所《よそ》で咲き誇る柔らかな白い花弁を見かけたら少し複雑な気持ちになってきた。

三つ目のバス停で降車ボタンを押すと、どうやら降りる人間が滅多にいないのか、運転手が直接「降りるのかね」と確認を取ってきた。はい、と素直に答えると、プールはまだ営業していないよ、とわざわざ親切に教えてくれた。

市民プールは和貴たちが幼稚園の頃から営業している古い施設で、当時としては小奇麗だったのだろうが、シンプルな二十五メートルプールと子ども用の浅い円形プールがあるきりの、極めて質素なものだった。おまけに住宅街から外れた静かな場所にあって、一時、幽霊が出るとの不名誉な噂が流れたりしたこともあり、ここ数年ですっかり寂《さび》れてしまった。

由利沢は「監視がないから」と言っていたが、入口の切符売場に併設された事務所には、管理のおじさんが常駐しているらしい。鍵はその人に言えば渡してもらえるとの話だったので、和貴は僅かな気後《きおく》れを感じながらベニヤ造りのドアを軽くノックした。

「鍵？　ああ、もう別の子が来たから渡しておいたよ。それより、あんた制服なんかで掃除しちゃダメだよ。ドロドロになるから」

「大丈夫です。着替え、持ってきましたから。更衣室、使えるんですよね？」

「ああ、そんならいいけど。さっきの子は、なんにも用意してきてないって言うもんだからさ。まあ、男だから裸でも構いはしないけどね。なんせ、身体動かしてる間に暑くなってくるからねぇ」

しばしばと目を瞬《まばた》きさせながら、初老の管理人は自分が掃除するわけでもないのに疲れ切った声でそうボヤいた。後ろにちらりと覗けた事務所では、オモチャのような扇風機がさわさわと回っている。気の早い人なんだな、と和貴は軽い親しみを持った。

口頭で簡単に掃除の手順の説明を受け、錆《さ》びの浮いた門をくぐって中へ入る。

由利沢の他にも仲間がいるとは知らなかったが、とにかくまずは着替えが先だ。

和貴が左手にあるプールを無視して更衣室へ足を向けると、不意に頭の上から親しげな声がかけられた。

「高岡、どこ行くんだ？」

「え……」

「こっち、こっち。プールだよ」

聞き覚えのある声に顔を上げ、言われるままにプールへ視線を送る。網状になった古いフェンスの向こう側で、東弥が笑いながら手を振っていた。

「時田……」

思いがけない出会いに和貴の心臓がドクンと脈打ち、それはあまりに大きかったので、一瞬激しい痛みとなって胸を襲う。和貴は顔をしかめてそれをやりすごし、（本物だ）と惚《ほう》けたように口の中で呟いた。

「おい、どうしたんだよ。まさか、俺のこと忘れちゃったのか？　それとも、おまえ高岡じゃない？」

あんまり長いこと返事をしなかったので、東弥はからかうような口をきいてまた笑う。どうやら、さっき管理人が言っていたのは彼のことだったようだ。

東弥はプールサイドには場違いな、長谷校のマークが刺繡《ししゅう》された白い半袖《はんそで》シャツに濃紺のパンツという制服姿で、和貴をしきりに自分の方へ手招いていた。

「高岡、返事くらいしろよ」

「あ……ああ、ごめん」

ようやく冷静になった和貴が近づいて見上げると、フェンス越しに東弥がしゃがみ込み、やや目線を落として口を開いた。

「久しぶり……元気だった？」

「うん。えっと、時田は？　元気だったか？」

「見ての通り。俺、頑丈にできてるもん。でも、さっき管理人の親父《おやじ》には怒られちゃったよ。そんな綺麗《きれい》な格好で、掃除なんかできるかって。高岡は、見たところちゃんと用意してきてるみたいだな」

「ああ、由利沢が……」

「由利沢、あいつ俺にはなんにも教えてくんなかったんだぜ。ひっどい奴。いくら急なピンチヒッターだからってさぁ。今日、いきなり携帯に電話してきて、〝何も言わずに市民プールへ行ってくれ〟だもんな。驚いたよ」

「えっ。じゃあ、由利沢は来ないのか？」

てっきり三人でバイトするものと思い込んでいた和貴は、驚いてフェンスに指をかける。

東弥はそんな和貴の様子をちょっと困ったように見ていたが、覚悟を決めろと言わんばかりに、こっくりと頷《うなず》いた。

「理由は、後で由利沢に訊《き》いてくれ。俺も、詳しくは知らないから。とにかく、一週間ここで高岡と一緒にバイトするのは、俺ってことになったんで……あのさ」

「え？　な、何？」

「……そんなに驚かれるとは思ってなかったんで、割とショックなんだけどな。高岡、もしかして俺と二人だと気詰まりか？　バイトしづらい？」

「いや、そんなことは……」

「だったら、笑ってよ」

子どもがせがむような口調で、東弥は言った。

「高岡が笑ってると、俺も安心だから」

「そ……そんな……」

モデルか俳優じゃあるまいし、笑えと言われてすんなり笑えるほど器用ではない。接客業をしていた時も、あまり愛想がないのでマネージャーによく注意を受けていたくらいだ。まして、あれだけ意識していた東弥と、なんの前触れもなくいきなり二人きりで仕事をする羽目になったのだ。現実を受け入れるだけで精一杯の和貴には、とても微笑んでみせる余裕などありはしなかった。

「しょうがないなぁ……」

期待に満ちた眼差《まなざ》しを向けていた東弥も、やがて諦めたようにため息をつき、大きな黒目を少しだけ曇らせると、「じゃあさ」と声音《こわね》も新たに言ってきた。

「せめて、握手しよう。敵意がない証拠に」

「握手っていっても……ここ、腕なんか通らないよ。上からだって、届かないし……」

「大丈夫、大丈夫」

戸惑う和貴に笑顔で答え、東弥はひし形に空いたフェンスの隙間《すきま》から、右手の指だけを伸ばしてくる。親指と小指を除いた三本の指が、まるで別の生き物のように和貴の視界をちらちらと泳いだ。

「こういうのは、気持ちの問題だからね」

早く、と促《うなが》されて、魅入《みい》られたように和貴も手を伸ばす。

血の気の少ない真っ白な指は、触れるとひんやりとして冷たく、絡まる指先を通して脈のリズムが聞こえてくるのが不思議なくらいだった。

なんだか決まりが悪くなり、和貴はすぐに指を離そうとした。

だが、東弥は静かに指を折り曲げると、そのまま和貴の指を丁寧に手のひらへしまいこむ。それはとても優しい仕種《しぐさ》だったので、百の言葉より雄弁に東弥が和貴を歓迎していることを知らせてくれた。

（どうして……——）

どうしてこんなに、と和貴はまた胸が痛くなる。

東弥はそこにいるだけで、何故《なぜ》だか自分を悲しくさせる。孤独な悲しみではなく、満ち足りた幸せが引き起こす不安のようなものが心をざわつかせるのだ。それは、初めて彼とぶつかった瞬間にもう和貴の中に生まれていた感情のようにも思える。

こちらのそんな想いに気づく筈もなく、東弥は無言で微笑だけを浮かべていた。和貴の知る彼の表情は、この人なつこい笑顔だけだ。

けれど、笑顔の明るさに東弥自身が負けてしまいそうな錯覚を覚えた和貴は、ふと心配になった。

(ダメだよ、そんなに笑っちゃ……)

唇が上手く動くものなら、そう注意したい。

薄い色素に彩られた東弥の顔立ちは、本人がどんなに陽気で明るく振る舞おうと、あまりに儚く端整だ。それが妙なアンバランスさを生んで、見ている和貴をハラハラさせてしまうのだ。

明るく活発で、何にでも首を突っ込んでいそうな東弥。

人なつこい口をきき、女の子にも人気があるというプロフィールはもちろん間違いではないだろう。けれど、「俺、頑丈だから」というセリフが空しく響くほど身体の細さは痛々しく、肌も髪も瞳も全てが薄い色味で彩られた容姿は、危なげで放っておけない気持ちにさせた。

こんなに近くで見て、初めて黒目の大きさに気づいたのも、あんまり瞳の色が薄すぎたせいだ。そこに映る自分の姿に、なんて顔をしているんだ……と和貴は思わず恥ずかしくなった。

東弥に、見惚《みと》れている。

ただ、目の前の東弥のことだけを考えている。

そんな表情を、和貴は正直にさらけ出していた。

「……高岡」

黙り込んでしまった和貴に、東弥がためらいがちに口を開いたのは、二人の指が絡まり合ってたっぷり一分はたった頃だった。

「あの、そろそろ始めようか……？」

「えっ？　あ、いけね。掃除か」

「うん、早く着替えてきなよ。俺、道具使って先に水を抜いておくから」

罪のない平和な会話を交わしながら、互いの指だけが違う何かを囁《ささや》き合うように、ゆっくりゆっくりと離れていく。

もし、ここに二人を隔てるものがなかったら、自分は東弥を引き寄せて強く抱きしめていただろう。

そんな衝動をはっきりと感じ、和貴は思わず全身が熱くなった。

更衣室へ行くため一度は背中を向けて歩き出したが、気まぐれにちらりと後ろを振り返ってみる。水を抜いておく、と言っていた東弥はまだこちらを見ていて、和貴の視線に戸惑ったように小さく右手を上げた。

和貴が戻って来た時、東弥はプールサイドに腰を下ろして、携帯電話で話をしていた。

「うん、そう……市民プール。いいだろ、たった一週間なんだから。大丈夫だって、そんな心配しなくても。友達も一緒だから……そうそう、男友達。なんだよ、女の子じゃないよ」

なだめる口調から察するに、相手は彼女だろうか。

あの時に一緒にいた子かな、と和貴は思い、東弥と同じ制服の、きりりとした美少女を頭に描いた。

適当に話を切り上げて電話を切った東弥は、早速プールを指差して言った。

「早いな、高岡。今、こっちも水を抜いてるとこだから。でも見てみろよ。なんか、ドロドロじゃん。底から何が出てくるか怖くねぇ？　死体とか……」

「やめろよ。十ヵ月近くも放っておいたら、そりゃゴミだって溜《た》まるさ。それより、おまえマジで制服汚れるぞ。今座ってるプールサイドだって、これから掃除するんだから」

「あ、そっか。ま、とりあえず今日は脱ぐしかないよな。気温が高くて、助かったよ」

「え……脱ぐって、おい時田……」

すっくと立ち上がった東弥は、ギョッとする和貴を無視してボタンに手をかけると、そのまま勢い良くシャツを脱ぎ捨て、鼻歌混じりに革靴を脱ぎ、白い靴下を脱いでしまうと、続けてベルトにまで手をかけようとした。

「と、と、時田っ」

「……なんちゃってね。はい、サービスはここまで～」

血相を変えた和貴を大声で笑い飛ばし、東弥はズボンの裾《すそ》を短く折り上げる。男同士なんだから何もこんなに狼狽《うろた》える必要もなかったんだと、和貴は急に恥ずかしくなった。

しかし、上半身裸になった東弥は和貴にはやはり正視しづらいものがあり、なんとなく目のやり場に困ってしまう。少し長めの首から肩にかけてのラインや、浮き出た鎖骨の形など気になる箇所はいくらでもあるのだが、そこに目を留めているだけで先刻の不埒《ふらち》な衝動を知られてしまいそうで少し怖い感じがした。

和貴がそんな思いを抱《いだ》いているとは知らない東弥は、相変わらず屈託がなく、背伸びなどをして気持ちよさそうに空を仰いでいる。

やがて再び腰を下ろすと、呑気な声で和貴を呼んだ。

「なぁ、高岡、突っ立ってないで、こっち来て座れば？　ここ、そんなに汚れてないからさ。水が全部抜けるまで、まだ少し時間がかかると思うよ」

「あ……ああ。でも、そんな格好してると日に焼けるだろうな。サンオイルかなんか持ってくれば、一石二鳥だったかも……」

「サンオイル？　そっか、その手があったな。でも、俺ダメなんだよ。全然焼けなくて、せいぜいピンクとか赤くなるだけで、みっともねぇの。まぁ、今年は海とか行けそうもないから、その分もここで頑張って焼いてみるか」

「なんで？　あ、受験勉強か……」

由利沢から〝剣道部を受験と女の子を理由にやめた〟と聞いたのを思い出して、和貴はセリフの途中で黙り込む。東弥に比べると、まだ自分は進学か就職かも決めておらず、なんとなく話題に出したくなかったのだ。

だが、東弥は意外なことを言い出した。

「受験勉強？　違う、そんなんじゃないよ。俺、夏休みの間に引っ越しするからさ。それでバタバタしそうなんだ。だから……」

「引っ……越し……？」

「そう。お陰で、せっかくの夏休みも遊んでるヒマなんかないわけさ。高二で引っ越しっていうのも、なんか間が悪い感じだけどなぁ。高岡とも、これから仲よくなれそうだったのに。残念だよ」

「そうか……引っ越すのか……」

いっきに身体中の力が抜けてしまい、和貴はぺたんと東弥の隣へ腰を下ろした。

出会ってまだ片手分なのにもう別れの予感に直面してしまうなんて、いくらなんでも早すぎる。

そう思った途端、さんさんと自分たちに降り注ぐ陽光が嘘《うそ》くさく、ずいぶんと白々しいものに感じられてきた。

「……どこ行くんだ？」

「ん？　ああ、引っ越し先？　俺、もともと東京からこっちに来たんだ。父親の実家が向こうにあって、小学校まで下町にいた。そこに、戻ることになったんだ。この街は好きだし、ずっといるつもりでいたんだけど……まぁ仕方がないな」

「でも、東京なら行けない距離でもないよな。電車だったら、片道で五時間くらい……」

「あれ？　高岡ってば、会いに来てくれるつもりなんだ？　嬉《うれ》しいなぁ、待ってるよ」

口調は軽かったが、本気で言っているのは目を見ればわかった。東弥は両膝を抱えて前屈《まえかが》みになると、プールに視線を置いたまま明日の約束を確認するように言った。

「――待ってるから。絶対、来いよな」

「うん」

「即答じゃん。俺、高岡のそういうとこ好きだ。言ってることに、ちっとも迷いがない。なぁ、ひょっとして嘘つくの下手《へた》だろう？」

「え……どうかな……」

「下手な筈だよ。嘘つかなきゃいけない場面では、黙り込むタイプ。当たってるだろ？」

「………」

そうなのかな……と我が身を振り返って考えてみたが、和貴にはやっぱりわからなかった。だが、バイト先でお客に謝れなかった一件を思うと満更外れてはいない気もする。子どもの頃に母親から「頑固な子だ」とよく叱られたことを思い出し、自然と苦笑がこみ上げてきた。

「笑ってる、笑ってる。よかった、安心した」

隣で、東弥が嬉しそうな声を上げた。

「さっき俺を見た時、高岡ってばマジで困ってるんだもん。俺、帰ろうかと思ったよ」

「いや、それは由利沢が……」

「そうだな。由利沢の奴、せめてフォローくらいしといてくれればいいのに。でも、俺は一度、高岡と落ち着いて話がしてみたいと思ってたよ。だから、このバイトを譲ってもらって感謝してる。本当に」

「なんで？」

胸がときめく一言に、思わず疑問が口をついて出ていた。

「話がしてみたい」なんて誰かに言われたのは初めてで、それも相手が東弥なだけに、思いがけない喜びでもあった。

「なんでって、言われても……」

ようやくプールの水が少なくなり、底に沈んだ泥や落ち葉や雑多なゴミたちがぞろぞろと姿を現し始める。東弥は顔をしかめてそれらを覗き込むと、彼らしくなく口ごもった。

「そうだな……。じゃあ、こう言えば納得するかな。俺、高岡のこと前から知ってたよ」

「えっ」

「驚いた？　そうだよな、俺たちこの間までお互いの名前も知らなかったんだから。でも、由利沢と高岡は仲が良かったから、何度か見かけたんだよ。まぁ……一方的にね」

「知らなかった……」

「ぶつかったのは、偶然だけどな？」

おどけたセリフを付け加えて、東弥は掃除をするために立ち上がった。慌てて、和貴も後に倣《なら》う。本当はもう少し詳しく訊きたかったのだが、なんとなくはぐらかされてしまったようでそれ以上追求できなかった。

「よっしゃ、始めるかぁ」

東弥の声を皮切りに、二人はバケツと水道から引いてきたホースを手に並んでプールの縁に立つ。

予想以上に泥が溜まっていたので、裸足《はだし》の東弥にはやりづらいだろうと和貴が言うと、彼はまったく意に介さない様子で中へ降りようとした。それを素早く止めると、ビーチサンダルを履いた和貴が先にプールの底へ足をつける。泥と水垢《みずあか》でヌルヌルする足場に転ばないよう注意を払いながら、和貴は「裸足じゃ無理だ」と首を左右に振った。

「どんなゴミが落ちてるかわからないし、うっかり怪我でもしたら掃除どころじゃなくなるだろ。今日のところは俺がバケツにゴミを拾って集めるから、時田はそれを受け取ってその後を水で流してくれ」

「でも、それじゃ高岡の方が大変じゃん」

「じゃあ、交代でやろう。サンダル、後で貸してやるから。それならいいだろう？」

和貴の提案に、東弥はやや不満そうな顔をする。

本当によく表情が変わるな、と和貴は胸の内で微笑ましく思い、遠くから笑顔を眺めている時よりよっぽどいいや、と小さな幸せを感じた。

納得しかねている東弥を置いて、目につく小石や落ち葉を拾い始めた和貴だったが、微動だにせず自分を見つめる東弥の視線にとうとう観念して、再び顔を上げる。

東弥は両膝を立ててしゃがみこんだ状態のまま、ジッと拗《す》ねた目付きでこちらを眺めていた。

「……おい、わかったって。だから、そんな睨むなよ」

「俺だけ一人で楽してるなんて、居心地悪い。わかってんなら、早く替わってくれ」

「まだ、こっちだって始めたばかりだろ。しょうがないなぁ、それじゃ俺のために、なんか話をしてくれよ」

「話？　話ってなんの？」

「なんでも。時田が言ったんだろう、ちゃんと話がしてみたかったって」

「うん……そうだけど……」

「……俺もだよ。俺も、時田と話がしてみたかった。内容なんか、なんでもいいんだ。時田の声が、聞きたい。だから、話せよ」

「……そうなんだ。へぇ、すごいな」

照れ臭さを隠すためいっきにまくしたてた和貴の言葉を、東弥は驚いたように聞いていたが、その声音には本物の感動が混じっている。彼はしばらく黙った後で、再びゆっくりと口を開いた。

「なんだか、口説かれたみたいだ。ドキドキしてきた。まずいな、こういうの」

「え……」

「いいよ、何か話してやる。そうだな……俺、実は一年留年してるんだ。どうかな、この話題は聞きたくない？」

留年という単語にはドキッとしたが、和貴は努めてなんでもない振りをしてゴミ拾いを続けた。

和貴の沈黙を肯定と受け取ったのか、東弥は明るい調子で勝手に話し始めた。

「まぁ、留年って言っても小学校の時だけどね。病気で一年休んだんだ。だから、本当は高岡よりいっこ年上……といいたいとこだけど、早生まれだから、あんまり変わんないか。ピアノやってたのはその頃で、指のリハビリを兼ねてね。去年くらいまでレッスンも続けてたんだけど、あんまり練習しなかったから、さほど上達しなかった」

「それじゃ、この間の連中は……」

「ファミレスのか？　ああ、あの時はごめんな。誰から聞いたか知らないけど、ピアノが弾けるなら今度のライブの助っ人やってくれって頼んできたんだよ。でも、ボーカルの女の子が俺のキィボードばかり褒めるから、面白くなかったんだろ。やめたよ、結局」

「そうか……。それがいいよ」

あんなひがみ根性を持った連中など、東弥に話しかけるのさえ許せない気分だ。

あの夜の憤りが胸に蘇《よみがえ》り、和貴は手にした小石を無意識にグッと強く握りしめた――瞬間。

「痛っ！」

「どうした、高岡っ」

「わ……わかんない……痛ぇ……」

手のひらに走った激痛に顔を歪《ゆが》め、和貴は痛みの原因を探ろうと視線を落とす。泥まみれの右手はみるみる血で赤く染まっていき、何が起きたのかまったく理解できなかった。

上半身を乗り出して和貴の怪我を見た東弥は、すぐに身を翻《ひるがえ》して水道の栓を開くと、長いホースを抱えて駆け戻ってきた。

「手、出せっ。早く泥を洗い落とさないと……っ」

「うん……。ガラスか何か、混じってたみたいだ」

「畜生、なんでプールにそんなもん落ちてんだよ。俺たちを殺す気か？」

切羽詰まった口調で毒づきながら、ホースの先端から飛び出す水を和貴の手にそうっとかける。一瞬、ピリッと鋭い刺激が走ったが、和貴は痛みを堪《こら》えて傷口を洗った。

怪我をするからと東弥を遠ざけておいて、自分が傷つくなんてずいぶん間抜けな気がしたが、これが彼でなくてよかったとホッとする。

まるで、そんな心を読んだかのように、不意に東弥が眉《まゆ》をひそめた。

「高岡。俺、嬉しくないから。そういうの」

「そういうの……って？」

「わかるんだよ。俺が怪我しなくてよかったって、そう思ってくれたんだろう」

「…………」

「ありがとな。だけど、それで高岡が怪我したんじゃなんにもならない。少なくとも、俺は嬉しくないよ。……わかる？」

「時田……」

「……管理人の親父に、なんか貰《もら》ってくる」

ホースを和貴に押しつけて、東弥は怒ったように立ち上がる。滑《なめ》らかな曲線を描く彼の二の腕には、ぽつぽつと鳥肌が立っていた。

東弥が貰ってきた消毒薬とバンドエイドで応急処置を済ませ、血が止まるまでの間、二人は掃除を交代することにする。東弥はもう機嫌が直っており、和貴のサンダルを借りると大騒ぎしながらプールの底へ降りて行った。

「……子どもみたいだ」

あんまり東弥がはしゃいでいるので、和貴はついポロリと感想を漏らしてしまう。それを聞いた東弥は怒るどころか我が意を得たりとばかりに腰に手を当てて、ますます和貴の前でふざけてみせた。少しずつ暮れ始めた夕空の下、彼の薄茶の髪の毛が残光に縁取られたようにきらきらと光った。

(綺麗だな……)

ごく普通に、そんな言葉が生まれてくる。

顔かたちやスタイルも綺麗だと和貴は思っているが、東弥は今までで一番生き生きとしていて、そこにまた新しく魅せられた。

張り切ってゴミをかき集め、あっという間にバケツをいっぱいにしていく東弥は、時々「要領いいだろ」とでも言いたげにちらりとこちらを見る。そんな、少し偉そうな彼の表情が可愛かった。

『なんだか、口説かれたみたいだ』

先刻、東弥はそう茶化したが、もしかしたらそれは真実かもしれない。あの時の和貴に自覚はなかったが、言われてみれば確かに口説いている気分だったからだ。

『なんでもいいんだ。時田の声が、聞きたい』

すごいよな、と和貴は苦笑いする。

我ながら、よくあんなセリフが堂々と吐けたものだ。未だかつて、付き合った女の子にすらあんな甘い言葉を贈ったことなどなかったのに。

せっせと前屈みになり、ゴミを選《よ》り分けている東弥の背中を和貴はうっとりと眺め続ける。生えかけの翼のような肩甲骨が、妙になまめかしく映って胸がときめいた。

だが、同時に和貴は忘れていた事実を思い出し、たちまち心が重くなる。

（そうだ……引っ越しちゃうんだよなぁ……）

なんだか、小学生のお別れみたいだ。まさか、高校生にもなってそういう理由で他人と別れる時があるなんて夢にも思っていなかった。

高校二年の夏といえば、進学も就職もボンヤリ輪郭を取り始めたくらいで、和貴も周囲の連中も今日の延長が明日へと続くことを何も疑わずに過ごしている。そんな自分たちにとっての別れとは、卒業とか恋愛の終わりだけを意味していた。

でも、東弥はもうすぐ目の前からいなくなる。

会いに行くと約束はしたものの、果たせる約束かどうかはわからない。街中での不意の出会いや偶然に頼る楽しみも、もうなくなってしまうのだ。

『――待ってるから。絶対、来いよな』

はたして、どんな気持ちで東弥はこのセリフを口にしたのだろう。今頃になって、和貴は彼の気持ちが知りたいと思った。

「おい、高岡ぁ！　水、水だってば！」

「水？」

「何、ボーっとしてるんだよ。ここら辺、あらかた片付いたから水を流してくれって」

ハッと気がつくと、いつの間にか東弥が怪訝《けげん》そうにこちらを見上げている。

無防備に目を合わせてしまった和貴は、咄嗟《とっさ》のことにパッと顔が赤く染まるのをごまかせなかった。

「え……」

こちらの意外な反応に、東弥も面食らったらしい。「しまった」と思った時にはもう遅く、彼も気詰まりな表情でふと黙り込んでしまった。

互いに目を逸《そ》らすことも叶《かな》わず、永遠にも思われる時間をただ黙って見つめ合う。

ジャージ姿で膝を抱えた和貴と裸の胸にあちこち泥をはねさせた東弥は、笑えるほど緊張感に欠けた格好をしている筈なのに、少しもふざけた言葉が出てこなかった。

（不思議だな……）

そっと、胸の中で和貴は呟く。

本当なら、内心焦《あせ》りが募《つの》ってパニックを起こしてもおかしくない状況なのに、東弥の目を見ていたら段々と気持ちが落ち着いて、心が凪《な》いでいくのがわかったのだ。

シンと視界が澄み渡り、自分たちを包む空気が綺麗になっていくのを肌で感じる。和貴の瞳に東弥しか存在しないように、東弥の瞳にも今は和貴しか映っていない。

この世界は、なんて心地好《よ》いんだろう、と思った。瞬きするのも惜しむ気持ちでひたすら東弥の翳《かげ》りのない眼差しを見つめ続け、それから思い切り深呼吸をした。

「……いい度胸だな、高岡」

途端、呆《あき》れたように東弥が声を出す。その声音には、どこか安堵《あんど》の響きがあった。

「いい度胸……って、それ褒めてるのか？」

「どうかな。少なくとも、けなしちゃいないけど。俺、もしかしたらおまえがキスしてくるかと思ったんだ。なんか、それくらい真剣な目してたから。だから、こっちも覚悟を決めかけてたのに上手いことかわされた。もし、高岡がなんの下心もなしにああいう目で他人を見てるんなら、すっげぇ度胸だなぁと思って」

「な、なんでキスなんだよ？」

「だって、いきなり真面目な顔してジッと見つめてきたら、普通はそう思うだろ？　それとも、俺が自意識過剰なだけか？」

「……俺は」

「ん？」

「俺は、そんなセリフがすらすら言える時田の方がすごいと思うよ……」

半ば脱力する思いで、和貴はそれだけを口にした。あの居心地の良さの先にそんな具体的な現実が想定できるんだから、東弥は自分よりもかなりの場数を経験しているんだろう。

それにしても「覚悟を決めかけた」とは、冗談にしても心臓に悪い。これで和貴の頭には、『東弥とキスする可能性はゼロじゃない』と見事にインプットされてしまったではないか。

東弥に魅《ひ》かれていることは、とっくに自覚している。だが、得体の知れない感情にとうとう本人から直接名前を授かってしまったような気持ちがする。


恋という、単純な響きと複雑な性質を持った厄介な名前を……――。


「悪い、高岡。ごめん、この通り！」

次の日、教室で和貴を見かけるなり、由利沢は大袈裟に両手を合わせて頭を下げてきた。

「ほんっと、ごめん。いや、いきなりで悪いとは思ったんだけど、急に予定が入っちゃってさ。バイト、できなくなっちゃったんだ」

「ああ、時田から昨日聞いたよ」

「そ、そっか……。時田、ちゃんと行ってくれたんだ。よかった、よかった。で、どう？」

「どうって、何が？」

「だから、仲よくやれそうかって」

和貴の机に凭《もた》れ掛かり、由利沢は興味津々な表情になる。どうしてそんなことを知りたがるのかと一瞬不思議に思ったが、元はといえば彼のドタキャンが原因なのだから、由利沢なりに責任を感じているのかもしれない。

和貴が「時田は、面白い奴だな」と答えると、安心したように「そうだろ、そうだろ」と同意してきた。

「けど、あいつ、どっかとぼけたところがあるかんな。ボンヤリしてると、すぐペースに巻き込まれるから注意しろよ。まぁ、高岡もかなりマイペース人間だから、その点は大丈夫かと思うけど……」

「そうでもないよ」

和貴が思い出し笑いを噛《か》み殺して、握手しようと一方的に迫られたことやサンダルを用意してなくて拗ねたことなどを話すと、由利沢は少し呆れた様子で首を傾《かし》げた。

「なんだよ、ずいぶんはしゃいでんなぁ。プールの清掃が、そんなに嬉しいかね」

「さぁ……。でも、俺のことは前から知ってたって言ってたよ。由利沢とつるんでるところを、何度か見かけたって」

「ま、狭い街だからな」

さして興味がなさそうに由利沢は一度受け流したが、直後に「そうだ」と口を開く。

「そういえば、一回時田に訊かれたことがあるわ。けっこう前だけど、ほら、俺と高岡とでムクゲの花を盗んだことあるじゃん。えーと、確か去年の今頃だっけ?」

「いや……もう少し後だと思う。夏休み中だったから……」

「そうだ、そうだ。村上《むらかみ》さんとこのムクゲ、母親が好きだからって、おまえ、通りすがりにいきなり何本か手折《たお》ったろ。あれを、時田が見てたらしいんだ」

「え……」

「あの時は、俺もびっくりしたけどさ。高岡、割とやることが大胆なんだもんな。でも、誰もいないって思ってたじゃん? 後で、時田と合コンに出た時、こっそり言われて驚いたよ。そんで、一緒にいた奴は誰だって訊かれたんだ。すいぶん大胆に花を盗《と》ってたなって、えらく感心してた。そうだ、思い出したよ」

「そうだったんだ……」

じゃあ、どうしてこの間の雨の日、東弥は初めてのような顔をしたんだろう。

そんな疑問が和貴の胸に浮かんだが、続くセリフで由利沢があっさりと答えをくれた。

「俺、教えなかったんだ」

「教えなかった？　俺の名前を？」

「……ていうか、しらばっくれた。だって、一応犯罪じゃん？　噂によると、村上のバアさん、かなり怒ってたらしいしさ。あそこ、うちの近所だから、万一バレるとうるさいと思ったんだよな。口止めしようかとも考えたんだけど、なんか面倒なことになるとイヤだから、そんでシラを切り通した」

「そうか……」

由利沢の言い分は理解できるので、それ以上は和貴も言葉が出てこない。そういう経緯があるなら、確かに東弥が「一方的に」と言ったのも頷けた。

「でも、もう一年以上も前の話だしさ。時田も、それっきり何も言ってこなかったし。バイトが一緒になったのを機に、今から仲よくすればいいじゃん。おまえら、なんとなく気が合いそうだしさ」

「あ、じゃあ……」

「なんだよ」

「……いや、ごめん。なんでもない」

東弥が引っ越しすることを、はたして由利沢は知っているのだろうか。どうも、さっきの口ぶりから察するに、何も知らないようだ。

そう思った和貴は、不用意に話していいものか判断しかねて、そのまま口をつぐんだ。

予鈴が鳴り出し、由利沢はだるそうに自分の席へ戻っていったが、すっかり上の空だった和貴はそれすら気がつかなかった。

(あいつ、見てたのか……)

和貴自身も忘れていた出来事が、鮮やかに瞼《まぶた》に蘇る。

去年の夏休み、由利沢と歩いていた和貴は、塀の向こう側から重たく枝を下ろしているムクゲの花を目にした瞬間、花弁に指を伸ばしていた。赤い斑の入った白い花たちは思ったよりも繊細で、傷めないように手折るのにはけっこう神経を使ったが、母親が好きだからと言い訳をして側《そば》にいた由利沢にも手伝わせた。

それを、東弥は見ていたのだ。

(まいったなぁ……)

ハァと息をついた途端、ポンと頭を叩かれる。びっくりして顔を上げると、数学の教師が目の前で腕を組み、こちらを睨んでいた。

「す、すみません」

和貴は慌てて腰を下ろし、教科書やノートをバタバタとカバンから引っ張り出す。

しかし、脳裏にはムクゲの残像とそれを見つめる東弥の想像図が、まだしっかりと残っていた。

放課後。

再びプール掃除に向かった和貴は、入口で管理人から呼び止められ、何事かと足を止めた。長谷校の方がこの場所に近いので、東弥が先に鍵を預かってとっくに準備をしている筈なのだ。

管理人は淡々とした様子で怪我の具合を尋ね、和貴が大丈夫だと答えると、もう一人の方はどうだと意外なことを言い出した。

「もう一人って、時田のことですか？」

「名前は知らないが、髪の茶色い子だよ。昨日、血相変えて消毒薬と包帯ありませんかって、ドアを叩きながら大騒ぎしてただろう」

「そ、そうですか……すみません、お騒がせして」

「あの子は、どこか悪いのかい？」

間を空けずにそう問い返されて、怪我をしたのは自分なのに、と和貴は一瞬わけがわからなくなった。

しかし、管理人はそんな和貴の反応には無頓着《むとんちゃく》に勝手に話の先を続ける。

「あんたの怪我で気が動転してたのかもしれないが、私が薬を渡そうとしたら……あの子、どうしても受け取れないんだよ。なんだか指先まで強張《こわば》ったみたいになって、小刻みに震えててね。本人も切羽詰まった顔してたけど、とにかく右手がそんな調子なんで〝大丈夫かい〟って声かけたんだ。そしたら、残った左手を添えて無理やり薬を摑《つか》もうとしてね、でも指が動かないんで取り損ねて床に落っことすわ、本人は真っ青になるわで、あの子の方がよっぽど病人みたいだったよ」

「時田が……ですか？」

「時田だか、誰だか知らないけどさ。ああ、そういや、ついさっき来たよ。今日は元気みたいだし、私もホッとしたけどね。まぁ、とにかく気をつけて仕事してくださいよ。仕事中にあんたらに何かあったら、私の責任なんだから」

「はい……すみませんでした」

和貴がもう一度謝って深々と頭を下げると、管理人はハイハイと手を振って、さっさと事務所へ戻っていってしまった。

（指が、動かなかったって……？）

和貴は、なんだか腑《ふ》に落ちない気分のまま昨日の東弥を思い出してみる。事務所から駆け戻ってきた東弥は別段変わったところもなく、まして右手が動かないなんて様子は微塵《みじん》もなかったのだ。

(第一、俺の傷口を消毒したりバンドエイド貼《は》ったりしてくれたの、あいつだしなぁ)

今思い返してみても、東弥は実に手際よく、てきぱき手当てをしてくれたと思う。管理人が言うように、指先が麻痺《まひ》してろくに物も摑めない状態だったとはやはり信じがたい。

(……とすれば……)

なんとなくこそばゆい感覚を覚えつつ、和貴は自分なりの結論に達した。

要するに、東弥は和貴の怪我にかなり狼狽《うろた》えて、パニックを起こしたのだ。右手が強張り、自由が利かなくなるほどのショックとなると少々大袈裟な気もするが、それだけ真剣に心配してくれたのだと解釈すれば、さほど無理もないような気がする。

本当にそうなのかな、と半信半疑になりつつ、和貴は更衣室を目指して歩き出した。昨日、東弥から「キスしてくるかと思った」と言われて以来、どうも思考が自分の都合のいい方へと流れているようで少しだけ決まりが悪い。

(まぁ、いいや。本人に会って、確かめればいいんだから。バイトはあと六日も残ってるし、ちゃんと話す機会なんかいくらでもあるさ)

もうすぐ、また東弥に会える。

そう考えるだけで、和貴の心は浮き立った。由利沢から聞いたムクゲの話をはじめとして、まだまだ東弥と話してみたいことはたくさんある。何より、彼へ傾いている自分の感情がなんなのか、それを見極めたいと思っていた。

もしも本当にこれが恋ならば、到底叶う筈もない。自分たちは男同士だし、東弥にはすでに彼女がいそうな気もする。だから、自分一人だけの切ない想いでしかないだろう。けれど、二人きりで過ごす時間を与えられた幸福を思えば、どんな結果が待っていようと受け入れる覚悟はできていた。

離れ離れになるとしても、なるべく遠い未来であってほしい。それだけを、和貴はひっそりと願った。

――と。

(……あれ?)

ふと、話し声が聞こえた気がして、和貴は昨日東弥に呼び止められた場所で足を止める。左手の成人用プールにまだ東弥の姿はなく、その周囲にも人の気配は感じられなかった。

気のせいかと思って再び歩き出そうとした途端、今度ははっきりと女の子の声を耳にする。歯切れのいい、澄んだアルトの響きだった。

「これだけ頼んでも、ダメなの? どうして、そんなに竹下《たけした》くんたちにこだわるのよ」

「別に、こだわってるとかそんなんじゃないんだ。さっきから、言ってるだろ。ここのバイトがあるから、練習とか出られないんだって」

「嘘よ。第一、バイトより私たちの約束の方が先だったじゃない。それとも、時田くんってそんな無責任な人だったの?」

耳に残る勝ち気な響きに、和貴はハッと一人の少女を思い浮かべる。この間、東弥と一緒にいた制服の少女は、こんな声で会話をしていなかっただろうか。

一体どこで……と、もう一度注意深く辺りを見回してみたら、先刻は見落としていた二人の影を前方の路上に見つけることができた。どうやら、彼らはプールと更衣室の間にある細い通路で話をしているらしい。確認できるのは午後の陽光が生み出す影だけだが、和貴はもう少し詳しく二人の様子が知りたかった。

足音をたてないよう気を配りながら、通路間近まで接近する。プールの壁に背中を預けた和貴は、息をひそめて会話に聞き入った。

「とにかく、私は納得できないわ」

憤然とした口調で、少女が言った。

「竹下くんたちが何を言おうと、無視すればいいじゃないの。時田くんの方が実力はあるんだから、彼らだって結局は認めるわよ」

「亜季がそう言ってくれるのは有難いけど、マジでもうやめたんだ。もともと俺は臨時のサポートなんだから、いくらでも代わりはいるだろ？」

「――嫌よ、そんなのっ！」

突然鋭い声で叫んだかと思うと、彼女は自分から東弥へ抱きつく。

ふわりとなびいたさらさらの長い髪と重なる影にドキリとし、和貴は思わず唇を噛んだ。

「ひどい、時田くん。本当は、わかってるんでしょう……？　私、あなたのピアノが……ううん、あなたのことが好きなのよ。言わなくても、ちゃんとわかってくれてると思ってたのに……」

「亜季……」

「だって、竹下くんたちにあなたを推薦したのは私だもの。それなのにどうしてやめちゃうの？　どうして、竹下くんたちに遠慮するのよ。私、彼らの誰とも付き合ってなんかいないのよ。だから何も……」

「違う、そうじゃないんだ」

それまで一方的にまくしたてられていた東弥が、彼女の話を強い調子で遮《さえぎ》った。

「亜季の気持ちは、ホントに嬉しいよ。でも、誤解しないでほしいんだ。俺は、竹下たちに遠慮して降りたわけじゃない。純粋に、あいつらとはやってけないって判断しただけなんだ。だから、亜季が気を回す必要なんか全然ない」

「時田くん……」

納得しかねている彼女を宥《なだ》めているのか、しばしの沈黙が訪れる。

彼女の髪を撫でる東弥の影が優しく路上で揺れ、それを見つめていた和貴は、突然泣きたいような衝動に襲われた。

好奇心を抑え切れなかったばかりに、もっとも見たくない場面を目《ま》の当りにしてしまった。

そんな自分の愚かさに、後悔がドッと押し寄せてくる。

東弥が、女の子に触れている。そんな当たり前の事実がこんなにも辛《つら》いなんて、和貴は想像もしていなかった。

「……わかった。バンドは諦めるわ」

やがて落ち着きを取り戻したのか、彼女はポツリとそう呟いた。

今更その場から離れることもできず、和貴は痛む胸を抱えて成り行きを見守る。だが、こみ上げる声を殺し、逸《はや》る鼓動を無視するのは、並大抵の努力ではなかった。

「でも、時田くん。ちゃんと、返事は聞かせてほしいの。私のこと、どう思ってる？」

「どうって……」

「お願いだから、正直に言ってね。私は、時田くんが好きだって告白したのよ。ずっと前から、時田くんに恋してた。本当よ」

彼女のセリフを境に、二つの影の間に僅かな隙間が生まれる。

和貴は静かに息を吐き、東弥の返事に全神経を集中させた。

「時田くん、私……」

「――ごめん」

寄せられた想いを断ち切るような、東弥のきっぱりとした声が響く。思わず和貴は目線を上げ、青く広がった空に視界を移した。

「ごめん、亜季。せっかくこんなとこまで来てくれたのに、俺は亜季の気持ちには応えられない。友達として、亜季のことはすごく好きだ。でも、恋愛感情じゃない」

「それ……本当……？」

「……ごめん」

再び、沈黙がやってくる。

だが、今度はほんの一瞬のことだった。すぐに彼女は東弥からきっぱりと離れ、次いで長い長いため息を漏らす。その間も東弥はずっと無言で、その場しのぎの言い訳や慰めは一切その唇から零《こぼ》れてはこなかった。

「そう……だったの。それじゃ、私ってば自惚《うぬぼ》れてたんだ。時田くんがバンド脱けたの、私のせいなんじゃないかって、ちょっと心配したりして……。嫌だ、バカみたい。ごめんね、バイト先まで押しかけちゃって」

「いや、悪いのは俺の方だ。ちゃんと、亜季に説明すればよかった。役には立てなかったけど、バンドだって誘ってくれて嬉しかったよ」

「一つ、訊いていい？」

「うん」

「あのね……好きな子がいるの？」

「好きな子……」

彼女の遠慮がちな問いかけは、東弥をかなり戸惑わせたようだ。ひたむきな眼差しで真《ま》っ直《す》ぐに見つめられ、どう答えたものかと困っている姿が容易に想像できた。

和貴の記憶にある少女は、ちらりと見かけただけでも印象的な生真面目な瞳を持っている。口ごもるのも無理はないな、と少しだけ東弥に同情した。

「お願い、せめてそれくらい聞かせて」

気丈な彼女の言葉は、聞いている和貴の心臓までドキドキさせる。

東弥は、はたしてなんて答えるつもりなのだろう。

和貴はてっきり少女が東弥の彼女なのかと思っていたが、どうやら昨日の電話の相手は別人だったようだ。

「時田くん、お願い」

「……好きな子は、いるよ」

東弥は短くそれだけを口にしたが、彼女が引き下がらないのを悟り、多少やけになった口調でもう一度同じセリフをくり返した。

「好きな子は、いる。だけど、付き合ってるわけじゃないから。俺の方で勝手に想ってるだけで、向こうには全然その気がないし」

「そうなの……？」

「ああ。でも、いいんだ。俺も、付き合いたいとかそういう風には考えてないから」

「…………」

彼女にとって東弥の返事はかなり意外なものだったらしく、しばらく二の句が継げないでいたが、それは聞いていた和貴も同様だった。

由利沢から聞く東弥の噂は女の子絡みのものが多く、特定の名前こそ出なかったが、決して密《ひそ》かな片想いを楽しむタイプには思えない。その彼が、あろうことか「付き合おうとは考えてない」なんて殊勝なセリフを吐いたのだ。由利沢が聞いたら、声を引っ繰り返して驚いたかもしれない。

「……ありがとう、時田くん」

やがて、彼女は気が抜けたようにそう言った。

「それ聞いて、よかったわ。よっぽど、大事に想ってる人がいるんだね。それじゃ、仕方がないわ。私、時田くんとは親しいつもりでいたんだけど、ちっとも気づかなかった」

「ほんと、ごめんな」

「いいんだってば。じゃ、帰るね。バイトの邪魔して、こっちこそごめんね。あと、来月のライブ絶対見にきてよ？　私、気合い入れて歌うから」

「……うん」

なんの前ぶれもなしに会話が途切れ、ロングヘアの影が大きく動く。

慌てた和貴は壁から急いで離れると、いかにも今こちらへ歩いてきたばかり、という顔を取り繕った。タッチの差で通路から姿を現した彼女は、和貴に気づいて一瞬たじろいだ様子を見せたが、軽い会釈をするとそのまま門へ向かって去っていった。

「高岡……」

続いて出てきた東弥が、気まずそうな表情で路上に視線を落とす。

まずかったな、と和貴は内心申し訳ない気持ちでいっぱいになった。いくら取り繕おうとバイトの時間はとうに過ぎているのだし、和貴が話を聞いていたことはごまかしようがない。かける言葉が見つからず、立ち往生していると、不意に東弥が顔を上げた。

「時間だろ？」

「え？　あ、ああ……まぁ……」

「今日は、俺もちゃんと着替え用意してきたんだ。それじゃ、さっさと始めようか」

くるりと背中を向け、東弥は更衣室へと歩いていく。告白を受けたことや好きな人がいると断ったことなど、一体どんなフォローを入れてくるのだろうと思っていた和貴は、なんとなく拍子抜けした気分で後を追った。

着替えを済ませ、ビーチサンダルに履き替えた二人は、デッキブラシを片手にプールの底へと揃《そろ》って降りる。東弥からは昨日のような軽口は出ず、どことなくぎこちない雰囲気のまま、和貴もまた黙ってデッキブラシで掃除を始めた。

（時田の好きな相手って、誰なんだろう……）

沈黙の分、思考は深まるのかと思っていたが、さっきから堂々巡りをくり返すばかりだ。和貴は隅にこびりついた水垢《みずあか》をムキになって擦《こす》り落としながら、誰なんだろう……の先が続かなくて、イライラする自分を持て余した。

泳いでしまえばあっという間でも、水のない二十五メートルプールはどこか心細くて果てしない空間に思える。言葉の絶えた場所でデッキブラシを黙々と動かしているうち、まるで海の底にいるような息苦しさを和貴は覚え始めた。

窒息しそうだ、とたまらず息を吐くと、ほとんど同時に背後でも大きなため息が聞こえる。思わず後ろを向くと、同じようにこちらを振り返った東弥と目が合った。

「気が合うな」

東弥は唇の両端を小気味よく上げ、こちらへ微笑みかけてくる。それに小さく頷き返しながら、自分は上手に笑えているだろうかと、和貴は頭の片隅で考えた。

「さっきは、悪かったたな。高岡、俺たちの話が終わるまで待っててくれたんだろう？　余計な気を遣わせちゃって……」

「うん、ちょっと間が悪かった。でも、もう謝るのはなしにしよう。時田、謝り疲れで倒れるぞ」

「そうか……じゃあ、やめる。女の子に謝るのは、普通の三倍は神経を使うよ。亜季はさばさばした性格だから助かるけど、やっぱりまいった」

デッキブラシの柄に寄りかかるようにして、ようやく東弥がいつもの口調で話し出す。その代わり、ピタリと動きが止まってしまった。

こんな調子で、本当に期間内に掃除は完了するのだろうか。

そう思いつつも、和貴もまた手を休めると東弥の話に耳を傾けた。

「高岡は、ずいぶん冷静だな。俺、おまえが聞いてたってわかった瞬間、ぐらっとしたよ。時間が時間だから、やばいな……とは思ってたんだけど、まともに会っちゃっただろ」

「……可愛い子だったのに。もったいないな」

「へぇ、高岡は亜季みたいなのが好みか。ま、彼女は長谷校でも人気ある方だしな。だけど、しばらく紹介はしないぞ。双方に失礼だからね」

「別に、そういう意味で言ったんじゃないよ」

ムッとして言い返すと、東弥は機嫌のいい笑い声をたてて「ごめん、ごめん」と謝ってくる。どこまで本気だかわからないが、少なくとも謝り疲れで倒れるような神経は持っていなさそうだった。

「なぁ、高岡は彼女いないの？」

突然口調を変えると、東弥は穏やかにそう尋ねてきた。

「由利沢は〝高岡はフリーだ〟って言ってたけど、案外秘密主義かもしれないからな」

「秘密主義？　俺が？」

「そう。例えば、金目当てではないファミレスのバイトとかさ。高岡の行動って、多分ちゃんと理由があるんだろうけど、知らないで見てるとけっこう大胆だもんな?」

探りを入れているわけでもなく、東弥はごく無邪気に同意を求めてくる。和貴はホッと吐息を漏らすと、再びブラシを動かし始めた。

「あれ、なんか気に障《さわ》ったのか?」

「違うよ。だけど、とりあえず掃除しながら話そうぜ。プールの底でボンヤリ顔を突き合わせて話してるのも、なんか変な感じがするし。それに……」

「ん?」

「なんだろ。改まった様子で話すのって、照れ臭いじゃないか。でも、別に俺は秘密主義じゃないから、話したって全然構わないさ」

「ふーん……」

何を……とは、東弥は訊いてこなかった。彼はわかったともわからないとも言わず、機械的にデッキブラシを動かしながら、ただおとなしくそこにいた。

『知らないで見てるとけっこう大胆だもんな?』

そんなことを言われたの、生まれて初めてだ。

何を考えているのかわからない、などの文句なら母親や昔付き合った彼女なんかによく聞かされたが、誰も和貴の内面にくすぶる苛立《いらだ》ちには気がつかない。ファミレスで時間を潰《つぶ》すようにアルバイトをする姿に向かって、「大胆だ」とは普通言わないだろう。

話してみようか……と思った。

東弥なら、自分の言葉の足らない部分をきっと感じ取ってくれる。もし、それが一方的な幻想であっても、話したことをきっと後悔はしないだろう。

どうして急にそんな気になったのか、和貴自身にも説明がつかない。けれど、不意に自分の事情を東弥に知ってもらいたくなった。もっとあけすけに言えば、彼に甘えたくなったのだ。

この気持ちは、きっと東弥にも伝わっている筈だ。

和貴はそう確信して、口を開いた。

「……もしかしたら、由利沢あたりからとっくに聞いてるかもしれないけど」

「え？」

「俺んちって、いわゆる母子家庭なんだ。物心ついた頃から、ずっと二人暮らしだった。だけど、たびたび通って来る人間がいる。そいつと顔を会わせたくなくて、俺はあの店でできるだけバイトをしてたんだ。もちろん、金も欲しかったから一石二鳥だったけど」

「ふぅん……」

「まぁ、ファミレスの方はやめたんで、今は新しいバイトを探してるところだけどな。それで、その通ってくる人間ってのが、どうやら俺の本当の父親らしいと。どういう事情か知らないけど、長年妻子を放ったらかしておいたくせに、急に改心してこの一年余り通い続けてきてるってわけだ。離婚はとっくに成立してるから、ヨリを戻したって方が正しいのかな。他所《よそ》の街で一人暮らししてるんで、時間を作ってはお袋と俺の顔を見にくる」

「だけど、一人息子はバイトに出ていて滅多に顔を拝めない。そういうことか」

「……この間まではな」

実際、先日の週末はどこに出る当てもなくて、仕方なく親子三人で夕飯を食べたのだ。

両親が離婚したのは和貴が二歳になる前だったので、記憶からは見事に父親の存在が抜け落ちている。写真すら残っていなかったので、血が繋《つな》がってると言われ、目もとや鼻筋が似てると言われても、和貴にはどうでもいいことばかりだった。

「誤解しないでほしいんだけど、俺は特に二人の仲を反対してるってわけじゃないんだよ。お袋は嬉しそうだし、親父は……まぁ普通のおじさんさ。悪人じゃない。でも、なんとなく……なんとなくね、居心地が悪いんだ。慣れればそんなこともなくなるんだろうけど、世の中ってのはそういうもんだって、まだ理解したくないんだ。そんなふうな物分かりのいい人間に、なりたくないんだ。ああ、ちょっと上手く言えないな……畜生」

「――わかるよ」

言葉の不自由さに悲しくなりかけていたら、東弥がとても丁寧な発音でそう言った。

「高岡。俺、わかるよ。だから、大丈夫」

「本当か?」

「うん」

ニッコリと笑った東弥は、彼女を振ったのと同じ唇で、和貴に近づくなり囁いた。

「言っただろう? 高岡の言葉には、迷いがない。正確にはたどたどしい部分もあるけど、気持ちは真っ直ぐだ。迷ってない。だから、俺にはわかるよ。おまえの言いたいこと」

「あ、ありがとう。でも、時田……」

「なんだよ?」

「なんで、わざわざ声をひそめるんだよ。もっと、普通に話したっていいじゃないか」

「だって……」

東弥は、たちまち唇を尖らせる。

「それじゃ、口説けないじゃないか」

「口説く……って……俺を?」

「そうだよ。他に誰がいるんだ。ああ、そういや幽霊が出るとかって、噂がたったことがあったよなぁ。俺ら、中学の頃だっけ?」

「話をはぐらかすな」

少しきつい声を出したら、やれやれと肩をすくめて東弥はいきなり和貴の手から乱暴にデッキブラシを取り上げた。

「いいじゃないか、掃除なんて。後で、俺がおまえの分まで張り切って働くから。それより、高岡のことドキドキさせたい。昨日、俺が口説かれたみたいだって言ったの覚えてるだろ？　同じ気持ちを、高岡にも味わってほしいんだ」

「……なんで」

「理由がないとダメか？　困ったなぁ」

東弥は、本気で困っている。どうやら、和貴を説得できるほどはっきりした動機はないらしい。それでも、自分が口にした思い付きを撤回するつもりは毛頭ないようで、二本のデッキブラシを両手で抱えたまま難しい顔になった。

しかし、言われた和貴の方はそう呑気に構えてもいられない。

何故なら、ついさっき東弥が「好きな人がいる」と話しているのを聞いたばかりなのだ。相手は誰なんだろう、自分の知っている人だろうかと考え続けていた矢先、当人から口説くよと気軽に言われて、素直に喜べるわけもない。

「あのさ、時田……。おまえ、何考えてんだ？」

「どういう意味だよ」

「だって、おまえ好きな人がいるって、彼女にそう言って断っただろ。俺を口説いているヒマなんか、ないんじゃないか。……ていうか、その前に俺たち二人とも男なんだぞ。口説くってなんだよ。ゲームやってるんじゃないんだからな」

話している間に、段々と腹が立ってきた。東弥のことだから、悪質な冗談というわけでもないだろうが、和貴の気持ちが本気に近い以上、戯《たわむ》れに口説かれても困るのだ。

まさか、和貴がこんなに真面目に拒否するとは思っていなかったのか、東弥は気落ちした表情で黙り込む。言葉に不自由してるのはこいつの方だな、と和貴はため息をつき、俯く彼の顔をそっと下から覗き込んだ。

「時田、俺をドキドキさせたいの？」

「そうかな……うん、そうだな。さっき、高岡の話を聞いてたら、すごく可愛がりたくなったんだよ」

「誰を？　俺を？」

「そうだよ。だって、おまえ俺に甘えてるんだろう？　だったら、ちゃんと甘やかしてやらなくちゃって……そう思ったんだ」

「…………」

「でも、難しいな。俺、まだ高岡のこと、よく知らないんだな」

一生懸命なのは伝わってくるが、言葉の選び方がめちゃくちゃなせいで、目の前の東弥は自分より幾つも年下に見える。

もう充分ドキドキさせてもらってるよ、と和貴は胸で呟き、それを素直に口へ出せないことを辛く思った。

「ありがとな、時田」

かろうじてそれだけを言葉にすると、東弥は瞳を上げて和貴を見返してくる。その唇が微《かす》かに開かれた瞬間、和貴は自分たちがキスをしようとしていることに気がついた。

ゆっくりと唇を重ねてから、和貴は静かに目を閉じる。東弥の手の中で、握りしめたデッキブラシの柄がカタンとぶつかりあった。

柔らかな唇は互いの吐息で湿っていき、遠慮がちに触れるだけだったキスが、徐々に深く熱いものへと変わっていく。片方が離れればもう片方が追い、また新たなキスへとくり返される中で、永遠に終わりがこないのでは、と和貴は幸福な錯覚に酔いしれた。

「高岡……」

僅かに唇が離れた時、東弥が瞳を閉じたまま、ため息混じりに名前を呼んでくる。

初めて耳にした彼の切ない声に、和貴は自分の背中をぞくぞくと快感が駆け抜けていくのを感じていた。

東弥の唇はいつまでも熱く、何度でも和貴を受け入れる。彼の指先が冷たかったのを思い出し、和貴は意味もなく胸が締めつけられた。

閉じた瞼の向こうに、光が満ちる。

夏の夕暮れが近いのだ。

目を開いた和貴の前で、降るように光を浴びている東弥が、薄く綺麗に微笑んでいた。

それからの三日間、和貴たちは掃除に明け暮れた。やはり、最初の二日に予定通り進まなかったのが響いたのだ。

プール開きの日はすでに告知済みなので、何がなんでも一週間の間に全てを終わらせなければならなかった。

「でもさ、子ども用の円形プールがブッ壊れてたのは、不幸中の幸いだったよな。あれも掃除するとなると、二人じゃ無理だったよ。絶対ムリムリ。な、高岡もそう思うだろ？」

ひびの入った箇所やコンクリートの割れている部分をチェックしながら、東弥はやれやれといった口調で話しかけてくる。掃除がとりあえず一段落したので、細かい修理の作業に入っているのだ。

日を追うごとに日差しはきつくなっており、この分ならプール初日はそこそこ賑《にぎ》わいをみせるだろう。和貴と東弥はフリーパスが約束されていたので、清潔な水を張ったプールでふやけるほど泳いでやろうと、作業にウンザリする度に話し合った。

「これで、よし……っと」

穴の開いた部分をコンクリートで補強し、東弥は満足そうに仕上がりを点検している。プールサイドの床磨きをしていた和貴は、青く塗られたプールの底に一人でポツンと立っている東弥をなんとなく落ち着かない気分で見つめ、何をするでもなくその場に佇《たたず》んだ。

東弥とキスをしたのは、あの時一度きりだ。

俺たちは男同士なのに、と和貴は初めに口走ったが、その戸惑いを忘れたと言えば嘘になる。けれど、彼との口づけは和貴の感覚に刻み込まれ、忘れられない記憶となって唇に棲《す》み着いた。

あれから、互いにその話題に触れなかったのは、感傷に流されて同性の唇に触れたことを東弥の方でも整理ができていないせいかもしれない。

だが、こうして遠目に東弥を見る時、まるでフィルムが網膜で再生されるようにあの日の自分たちが蘇る。それが、和貴には切なかった。今まで見た中で一番綺麗な東弥が、微笑を浮かべる幻をいつまでも追ってしまう。

そういう時、ざわつく心を悟られまいと和貴はいつもより饒舌《じょうぜつ》になったり笑顔をばらまいたりするのだが、東弥から不審な目で見られることは意外なほどなかった。東弥はいつでもありのままの和貴を受け止め、大概は機嫌よく相手をしてくれる。

時折、和貴とは関係ないところで塞ぎ込んだ顔をしていることはあったが、本人が何も言わない以上、和貴は気づかないふりをするのがベストだと思い、あえて触れようとはしなかった。

（これが、〝世は全て事もなし〟ってヤツか……）

白い半袖Tシャツに包まれた東弥の背中を見つめ、和貴は柄にもなく感慨に耽《ふけ》ったりする。しかし、心のどこかではちゃんと知っていた。これは、見せかけだけの嘘つきな日常に過ぎないし、恐らく東弥と一緒にプールへ通う日々はやって来ないだろうと。

その一番の原因は、東弥の引っ越しだ。詳しい日時はまだ聞いていないが、夏休み中だと前に話していたから、恐らくあと一ヵ月も残されていないだろう。間もなく学期末試験の予定が発表され、それが終わればもう夏休みに突入だ。

（そうしたら……ゆっくり会うヒマなんか、なくなるだろうなぁ。バイトもあと二日で終わりになるし、試験勉強もしなくちゃならないし……）

学生の身の不自由さをひしひしと感じ、和貴は思わず重いため息をついていた。

東弥と、離れ離れになる。

それは、親しくなる前から、あらかじめ決められていた運命だ。また、たとえ物理的な距離ができなくても、自分の恋が実るとは到底思えなかった。あの日のキスにそんな意味を持たせるのは、なんとなく気が引けた。

「高岡、おまえ何サボってんだよぉ！」

和貴の視線に気づいたのか、東弥がいきなりこちらを振り返る。ここでバイトを始めてから和貴はかなり肌が黒くなったが、東弥は自分で言っていた通りさして色も変わらず、印象的な細さも相変わらずだった。

「悪い、悪い。なんか、疲れちゃってさ。なぁ、ちょっと休まないか？　今日、めちゃめちゃ暑いし、さっきから喉が渇いてしょうがないんだ」

「よーし。じゃあ、ジャンケンで負けた方が自販機でジュース買ってこよう。いいか？」

「いいけど……。元気だな、時田は」

半ば呆れつつ和貴が呟くと、当然といった顔で「だから、言ってるだろ。俺は、頑丈にできてるの」といつものセリフが返ってきた。

「よし、じゃあ一回勝負な。高岡、負けたら俺に冷たい緑茶買ってきて」

いい気なもので、東弥はすっかり勝った気でいるようだ。

大袈裟な身振りで右手を振り上げると「ジャーンケン……」と明るく声を張り上げ、そして、突然糸が切れたようにパタリと右手を空から下ろした。

「時田……？　どうした？」

またふざけているのかと、あまり気にも留めずに声をかけたが、なんだかいつもと様子が違う。妙な胸騒ぎを覚えた和貴は、持っていたデッキブラシを放り出すと、急いでプールの底へ降りていった。

「おい、時田。おまえ、どうしたんだよ？」

「な……なんでもない……」

「なんでもないって、顔が真っ青だぞ。なんだよ、貧血か？　氷、貰ってこようか？」

近づく和貴の視線から逃れようと、東弥は顔を背けたままのろのろと違う方向へ歩き出そうとする。

何が起きたのかさっぱりわからなくて咄嗟に東弥の腕を摑もうとしたが、思いがけず強い調子で「触るな！」と怒鳴られた。

「触るなって……」

「ご……ごめん。でも、平気だから。なんでもないんだ、ホントに。だから……」

「なんでもないってこと、あるかよ！　時田、おまえ震えてるよ？　寒いのか？　なぁ、どうしたんだよ。どこか痛むなら、そう言って……」

「――動かない」

一瞬、言葉の意味がよく飲み込めず、和貴は「え……？」と惚けた声で訊き返す。

「動かないんだ」

小刻みに細い身体を震わせて、東弥は今度こそ絞り出すような呟きを漏らした。

顔色は蒼白《そうはく》に近く、唇もすっかり色をなくして、和貴の目には鮮やかな青空の方がいっそ作り物めいて見えたほどだ。

「動かないって、右手が……？」

反射的にそう尋ねたが、今の東弥に答えを求めるのはあまりに酷だった。彼は左手で右の手首を摑み、なんとか動かそうと必死になっていたが、それが無駄な努力であることは傍目《はため》にも明らかだ。

（そういえば……）

ハッとして、和貴はこの間の管理人の話を思い出す。和貴が怪我をした時、薬を貰いにきた東弥の指が急に動かなくなったと言っていた。

（まさか……まさか……）

単なるパニックの一種だと高を括《くく》っていたことが、重苦しい現実となっていきなり目の前に現れる。和貴はとにかく「冷静になれ」、と自分を叱咤《しった》したが、自分が冷静になったところで一体何ができるのだろう。

無力感に打ちのめされながら呆然《ぼうぜん》とその場に立ち尽くし、震える東弥の姿をただ見守ることしかできなかった。

「……ダメだ」

やがて、絶望的なため息と共に、東弥は全ての努力を放棄した。

両手をだらりと下ろし、全てを諦めた顔で瞳を閉じる。長い時間、身じろぎもせずにジッとしている姿は、何かを受け入れるための準備を整えているようにも見えた。

「高岡……」

「な、なんだ？」

「ごめんな……」

それだけ口にするのが精一杯なのか、東弥はそれきり無言で瞳を開く。かねてから和貴が危惧《きぐ》していた通り、細く痛々しい見た目そのままの、儚い東弥がそこにいた。

「時田……」

どんな言葉をかけようと、東弥の指を動かすことはできない。

それがわかっているだけに、和貴には何も言えなかった。

不意の雨雲に遮られ、二人を包む日差しが急速にかき消されていく。

青一色のプールの底で黙ってお互いを見つめ、無邪気な日々が突然終わりを告げたのを、和貴は沈黙のうちに感じ取っていた。


「というわけで、今日はピンチヒッターのピンチヒッターだから。よろしく～」

日曜の午後。磨き立てたプールサイドに、Tシャツに五分丈のジーンズという出で立ちの由利沢が陽気に姿を現した。

だが、由利沢の意に反して和貴の方はさほど驚かない。昨日の今日で東弥がバイトに来られる方がおかしいし、まず無理だろうと覚悟していたからだ。由利沢は和貴のクールな反応にガッカリしたらしく、これみよがしのため息をつくと「なんだかなぁ」と早速不平を漏らした。

「高岡、冷たいよ。せっかく驚かそうと思っていきなり来たんだからさ、もう少しなんかリアクションがあってもいいんじゃねぇ？」

「……おまえは、平和だなぁ」

「なんだとぉっ」

「いや、ごめん。今、ちょっと冗談言える気分と違うから……。でも、来てくれてありがとう。マジで助かったよ。俺一人じゃ、期限通りに仕事が終わるかわかんないし」

和貴が素直に頭を下げると、由利沢はふざけるのをやめて少し真面目な顔になった。

「時田も、それを心配してたよ。俺、くれぐれもって頼まれてるんだ。プールと高岡をよろしくってさ。おまえら、携帯の番号も交換してないんだってな。驚いたよ、俺は」

「だって、俺は、携帯持ってないし」

本当の理由はそんなところになどなかったが、和貴はそう言って気弱に笑った。

実際、和貴は東弥の住所も電話番号も知らないし、それは東弥も同じことだ。由利沢という共通の友人がいるせいか改まって住所交換をするノリがなかったのと、ここに来れば必ず会えるという安心感が互いの胸にあったためだと思う。

だから、和貴はあれから東弥がどうしたのかまったく知らなかった。東弥を先に帰らせた後、募る不安を振り払うように掃除に熱中し、家へ帰ってからはすぐベッドに潜り込んでしまったからだ。夜中に、由利沢から連絡先を聞き出そうかとふと考えたが、何か決定的なことでも知らされたらと思うとどうしても勇気が出なかった。

『動かない』

呆然と右手を見つめながら、悲しげに身体を震わせていた東弥。

瞼に焼きついたその場面は、思い返すたびに和貴の胸を締めつける。あの瞬間、世界はがらりと一変し、一切の色が和貴の周りからなくなった。

東弥の身体に一体何が起きたのか、遅かれ早かれ自分は知ることになるだろう。

ただ、その事実が東弥自身を打ちのめすことだけはしませんようにと、それだけをひたすら祈った。

「大丈夫だって。時田の奴、ケロリとして俺に電話寄越したんだから。心配いらないよ」

塞ぎがちな和貴に、由利沢がわざとらしいくらい明るい調子で話しかける。

そうだよな、と軽く頷いて、和貴も元気を出すことに決めた。突然のことで狼狽えるばかりだったが、東弥は昨日までの五日間、和貴よりも張り切って仕事に精を出していたのだ。

それは、とても病人にできることではない。だから、きっと大丈夫だ。

「そうそう。高岡の方が、病人みたいな顔色してるよ。なんなら、後であいつに携帯かけてみようか？　まだ契約が残ってる筈だから、多分通じるよ」

「多分って、おまえまた電話料金滞納してんの。しょうがない奴だな」

「滞納じゃないって。時田の携帯がさ、今月一杯は契約してるって言ってたから」

「今月一杯？　いくら引っ越すからって、携帯まで解約しなくてもいいのに……」

何気なく和貴が呟くと、由利沢は聞き捨てならないというように眉をひそめて「引っ越しって誰が？」と尋ねてきた。

「誰がって、時田だよ。なんだ、やっぱり由利沢は知らなかったのか？　夏休みに東京へ引っ越すんだって、時田から聞いてない？」

「夏休みに……どこだって？　東京？」

「ああ、お父さんの実家があるからって……」

「それ……時田が言ったのか？」

真顔でそう問い返され、和貴は気後れを感じつつ、そうだと答える。

由利沢は険しい顔つきのまましばらく黙り込んでいたが、やがて珍しく真剣な眼差しを和貴へ向けてきた。

「……俺、実は口止めされてたんだけど」

「口止め？　おい、なんの話だよ」

「うん。このバイト、ちょうど明日で終わりだろ。バイトが終わるまで、高岡には黙っててくれって時田から言われてたことがあるんだ。でも、俺の独断で話すことにするわ。いや……話した方がいいと思う」

「…………」

思わせぶりな口調に、和貴はなんだか先を聞くのが怖いような気持ちになってくる。東弥に口止めを頼むほどの秘密があったこと自体が驚きだが、それを知ってしまったらはたして何が変わってしまうのか、皆目見当がつかないのだ。

「あのな、高岡。時田は……」

「ちょっと……ちょっと待ってくれ」

急いで由利沢のセリフを遮ると、和貴は突然プールの栓を締めに歩き出した。唖然《あぜん》とする友人を尻目にすっかり掃除の完了した水槽を点検し、何を思ったのか水道の蛇口を思いっきり捻《ひね》る。

唐突な行動に面食らった由利沢は、しばしプールに水の溜まっていく様と和貴とを見比べていたが、やがておずおずと口を開いた。

「高岡……な、何してんだ？」

「……うん。一回水を張って、塩素で消毒しないといけないからさ。明日にはまた水を抜いて日光消毒して、それでプールの掃除は完全に終わりなんだ。後は、更衣室とシャワー室、それからトイレの掃除が残ってるけど……」

「それはわかったけど、話は？　時田が何を口止めしてたか、知りたくないのか？」

「………」

勢い良く流れ出る水の音をバックに、和貴はそれでもまだ一瞬迷った。ふやけるほど泳ごうと東弥と約束を交わしたことが思い出され、この五日間の日々がとても健気《けなげ》で愛《いと》しいものに感じられる。たとえ、その裏に何かしらの事実が隠されていたとしても、この思いは少しも変わったりはしない。

「……そうだな。教えてくれよ、由利沢」

ようやく覚悟が決まり、和貴はゆっくりと由利沢の隣まで戻ることにした。

「俺、思ったんだけど……もしかしたら、時田が引っ越しするって、あれ嘘なのか？」

「いや、厳密に嘘ってわけじゃないんだけどさ」

「じゃあ、なんなんだよ」

間髪を容《い》れずに問い返すと、由利沢は非常に決まりの悪そうな表情になった。

「……入院するんだ」

「え……？」

「時田、入院するんだって。詳しい病名とか、俺も知らないけど。引っ越しっていえば、似たようなもんかもしれないよ。学校、とりあえず一年は休学届け出してあるそうだし」

「休学……って、それなら入院も長くかかるんじゃないのか。こんなアルバイトなんかして、大丈夫だったのかよ?」

「でも、本人がどうしてもって言うからさ。ごめん、高岡。俺、時田から口止めされていたことが二つあるんだ。一つはあいつの入院で、もう一つはここのアルバイトだ」

「え?」

「もともと、おまえと一緒にアルバイトしたいからって、俺が時田の方から頼まれたんだよ。最初から、相棒は俺じゃなくて時田の方だった。あいつは、俺のピンチヒッターなんかじゃなかったんだよ」

「だったら……だったら、何も嘘なんかつかなくたっていいじゃないか。初めから、時田と一緒だって言ってくれたって俺は全然……」

「だけど、時田は心配してたよ。高岡が、自分と一緒だって聞いたらバイトを引き受けないかもしれないって。でも、それだと困るからってさ」

「なんでだよ?」

それこそわけがわからなくて、和貴は思わず声を荒げてしまった。

あんなに東弥の面影を街中に探し求めていた自分が、どうして彼と一緒だという理由でアルバイトを断らなければならないのか、またどうして東弥がそう思い込んだのか、どう考えてみても少しも納得がいかない。

「それはさぁ、ファミレスの件があるからだと思うよ。高岡、あそこクビになっただろ」

「な、なんでクビだって、知ってるんだよ」

「……時田、おまえに会おうと、あの店に何度か行ったんだってよ。でも、全然いないから店の女の子に尋ねたら、クビになったってこっそり教えてもらったって」

「…………」

「俺さぁ、よく知らないんだけど、それって時田のせいなんだって？　なんか、あいつそんな風に言ってたからさ。責任、感じたんじゃないかな。高岡がバイト失業中だって知って、俺に訊いてきたんだもん。なんか、いいバイトあったら紹介できないかって。たまたま兄貴からプール掃除の話があったからそれを言ったら、今度は自分も一緒にやりたいって言い出してさ」

「そうだったのか……」

東弥、知ってたんだ。

感動にも似た気持ちが、重たかった心を少しだけ浮上させてくれる。あの晩から、街で和貴が東弥を探していたように、彼もまた和貴を求めて訪ねてきてくれていたのだ。

「そうだったのか……」

もう一度、噛みしめるように和貴は呟いた。

東弥は、全部知っていたんだ。

「高岡、ホント黙っててごめんな。でも、入院のことなんか知ってたらバイトしづらいだろ？

俺だって、最近なんだよ。あいつが、休学するほど長引く病気だって知ったのは」

「うん……いいんだ、気にしてないよ。それより、話してくれてありがとな、由利沢」

真面目に礼を言うと、由利沢は少し顔を赤らめて、慌てて和貴から視線を逸らした。

「……ムクゲがさ」

「え？」

「ほら、村上さんとこの。だいぶ蕾が増えてきたよ。あそこ、開花も早いし時期も長いから、思えばずいぶん手がかかってんだよな。この間なんか、時田があそこのバァさんと立ち話してるの見かけてさ、なんか心臓に悪かったなぁ」

「そうか、もうすぐ咲くのか……」

「花泥棒が許されるのは、一回だけだぞ」

もうご免だよ、と由利沢に言われて、和貴は苦笑した。それから、急に息が止まるほどの悲しみに襲われて、笑顔を引っ込める間もなく涙を零した。

多分、和貴が何本ムクゲを手折ろうと、それを今年の東弥が見ることはないのだ。

そう考えたら、東弥が入院するという話がいきなり現実味を帯びてきた。しかも、あらかじめ休学届けを出してあるのだから、きっと深刻な事態なんだろう。東弥が剣道やバンドをやめた理由が、受験や女の子でなかったことだけは確かだ。

「高岡、おい、大丈夫か？」

不意の涙に驚いて、由利沢が遠慮がちに声をかけてくる。でも、和貴は何も答えられなかった。東弥に会いたいと、それしか考えられなかった。今年も来年もさ来年も、東弥が笑ってくれるなら、そのためだけに何本花を手折り続けてもいい。「大胆だなぁ」と感心して微笑む彼に、自分はいくらでも花びらを降らせてやりたいのに、どうして神様はそれを許してくれないんだろう。

東弥に会いたい、と和貴は思った。

焦がれるような思いで、そればかりをくり返し思った。

その日は、雨だった。

プールのバイトを始めてから降った、最初の雨だ。せっかく日光消毒をする予定だったのに、これで一日延びてしまった。

最終日だったのに、気分が萎《な》えるな……と肩を落とした和貴は、しばらく迷った末にやっぱりバイトへ出かけることにした。雨天の時は屋外でできる仕事はいくらもないが、雨足もさほど強くはなかったので、もしかしたらそのうちやむかもしれない。こんなことなら、昨日ムキになって更衣室なんかの掃除をしなくてもよかったのに、と由利沢の顔を思い浮かべながら力なく考えた。

和貴がいきなり涙を見せたりしたので、由利沢はかなり驚いたようだ。二人は中学の頃からの付き合いだが、彼の目の前で泣いたのは初めてだったから、尚更《なおさら》ショックを受けたらしい。

『俺、思ったんだけど……』

和貴が少し落ち着きを取り戻した後で、由利沢はつくづくまいった、というようにため息混じりの声を出した。

『なんか……おまえらって、いいなぁ。言い方はアレだけど、こういうの本当に両想いっていうんじゃないかな。これ、相手が男でも女でも、関係ない言葉だったんだな。俺、おまえらが羨《うらや》ましいよ』

『え……』

『なんか、お互いが大事でたまらないって感じじゃん。そういう相手、なかなか見つけることができないと思うし。そこまで感情的な高岡も、初めて見たからさ』

『由利沢……』

本当に好きな相手と過ごせたら、夏はどんなに楽しいだろう。

いつか由利沢がしていた話を胸で反芻し、和貴はようやく涙を止めた。

今日はどうしても脱けられない用事があるから、と由利沢はバイトをパスしたが、雨が降っている以上、和貴もさっさと帰るつもりだ。そうして、由利沢から教えられた東弥の家を思い切って訪ねてみるつもりだった。

いつもと同じように事務所のドアを叩き、管理人が出てくるのを待つ。雨は夏の気温に相応《ふさわ》しく、柔らかな糸のように音もなく地面に降り続いていた。

「あれ、あんたも来たのかい？」

和貴の顔を見るなり、管理人は解せない様子でそんな風に言った。「あんたも」とはどういうことかと和貴は尋ねようとしたが、その前に再び向こうが口を開く。

「鍵なら、もう一人の子に渡したよ。でも、こんな天気じゃ、やることもないだろうに」

「もう一人の子……？」

「そうだよ」

雨の日の立ち話は身体にこたえるとでも言いたげに、管理人はさっさと話を終わらせてしまう。だが、和貴にはとても無視できない言葉だった。

もう一人の子、と言えば東弥しかいない。気負い込んで、東弥が来たのかと迫ったら、管理人は和貴の迫力にたじたじとなりながら、「髪の茶色い子だよ」と肯定した。

（時田が、来てる……？）

途端、弾《はじ》かれたように和貴は走った。

抱えていたカバンが耳障りな音を立て、たちまち息が上がったが、それでも速度を緩めずプールを目指して走り続けた。

（時田……時田……時田……！）

呪文《じゅもん》のように名前をくり返し、頭の中は東弥の顔でいっぱいになる。

傘をさしているのが面倒になり、走りながら和貴は傘を手放した。向かい風に煽《あお》られ、緑色の傘が曇った雨空へ飛んでいく。

その時、笑みを含んだ声が耳に入ってきた。

「なぁ、まだ雨が降ってるよ？」

「と……」

「高岡って、本当に天《あま》の邪鬼《じゃく》だなぁ。雨がやむと傘をさして、降ってると捨てるのか。おまえを見てると、全然退屈しない。いつでも、俺を驚かせることばかりするよ」

「時田……――」

視線を上げたその先に、東弥が笑って立っていた。

東弥はプールサイドのフェンス越しにこちらを見ており、初めてここで会った時のように大きく手を振りながら和貴を呼んだ。

「時田、おまえこそ傘は……。いや、それより手の方は大丈夫なのか？　右手は……」

「平気だって。それより、早く上がってこいよ。高岡のこと、ずっと待ってたんだから」

和貴の不安を明るく一蹴《いっしゅう》して、東弥は手を振り続ける。よく見ればその動きはぎこちなく、少しも安心などできなかったが、緩やかな雨の速度にはちょうど綺麗に映える風情だったのが和貴の僅かな慰めになった。

再び駆け足になって、東弥の待つプールサイドへ急ぐ。いつから自分を待っていたのか、東弥は頭からびしょ濡《ぬ》れで、濡れたシャツが華奢な肩に張りついていた。

「高岡……」

靴のまま姿を現した和貴に、東弥が嬉しそうな微笑を向ける。和貴は少しも足を止めず、そのまま東弥の身体をきつく抱きしめた。

「時田……」

言うべきセリフが何も思い浮かばないまま、腕の中の東弥をただひたすら抱きしめる。重なった身体から、目に染みるほど雨の匂《にお》いが立ち籠《こ》めた。

突然の抱擁に驚きもせずに、東弥はおとなしく和貴の腕に身をまかせる。だが、やがて左手だけがゆっくりと背中へ回された。

シャツを摑まれた感触に、和貴はまた大きく胸が痛む。東弥の力はとても弱々しく、早くも新しい不安を植えつけるのに充分だった。

「……高岡、ごめん……」

消え入りそうな声が、弱々しく首筋をくすぐる。これ以上東弥に謝らせたくなくて、和貴は夢中でその唇を自分の唇で塞いだ。何か一言でも言われたら、心臓が破裂して死んでしまう、と本気で思った。

互いの唇を通して体温を交換し、絡める舌が胸の痛みを中和する。東弥が漏らす吐息なら、和貴は残らず自分のものにしてしまいたかった。東弥の唇を永遠に自分の唇で封印して、悲しい言葉など全て消したかった。

何度目かの口づけの後、ようやく目を合わせた二人は、どちらからともなく笑顔になる。東弥は少し照れたような目をして、和貴の胸にため息を落とした。

「高岡……」

「ん？」

「……俺を、ドキドキさせたかった？」

ためらいがちに掠《かす》れる声が、絶妙になまめかしく響く。和貴は答えるのも忘れて、もう一度抱きしめる腕に強く力を込めた。

一緒に雨に降られているせいか、こうして抱き合っていると、まるで溶け合って一人の人間になってしまったみたいだ。今なら、東弥の右手だって難なく動くかもしれない。

「あ……。指、動かせるかも」

心の独白を聞いていたように、いきなり東弥がそう呟いた。

東弥は和貴の見守る前でそろそろと右手を上げると、中途半端に開いている手のひらに雨の滴《しずく》を閉じ込めようとする。

だが、強張った指たちは、頑固にその姿勢を崩そうとはしなかった。

「……やっぱ、ダメか。そう簡単にはいかないよな。まぁ、ここまでもったんだから……」

「時田、おまえ入院するんだろう？」

堪え切れなくなった和貴が正面から問いただすと、東弥は一度大きく目を見開いてから、やれやれというように肩をすくめた。

「由利沢か？　……ったく、しょうがないなぁ」

「しょうがないのは、どっちだよ。引っ越しするなんて、嘘までついて。おまけに、バイトもおまえが由利沢に頼んだんだってな。時田、おまえ……」

「やっぱ、由利沢に代役頼んだのは失敗だった。本当は、今日ちゃんと俺から話すつもりでいたんだけどな。そうだよ、由利沢に頼まれたっていうのは嘘で、本当はその逆だ。俺が言ったんだよ、高岡と一緒にバイトしたいって」

「どうして……。ファミレスのことなら、おまえが責任感じることなんか、なんにもなかったんだぞ？　俺、全然なんとも思ってないし……」

「でも、高岡、俺のこと無視したじゃないか」

あまりに思いがけないことを言われて、和貴は一瞬絶句する。こんなに東弥を好きなのに、無視なんて真似ができるわけない。

「だけど、したんだよ。ここでバイトする前に、高岡、俺と道ですれ違っただろう。俺が亜季と一緒にいた時だよ。あの時、おまえ雨がやんでるのにいきなり傘開いて、顔を隠したよな。一瞬どうしようか迷ったけど、俺、それでも思い切って声をかけたんだ。けど……高岡は聞こえない振りをして、そのまま歩いていった。晴れた空に、あの緑の傘をさして。あの光景、忘れられないよ」

「あ、あれは……」

「だから、思ったんだ。バイトがクビになったの、俺がバンドの連中ともめたのが原因だし、きっと高岡は怒ってるんだろうって」

そこまで話すと、東弥は辛そうに目を伏せた。

和貴に無視されたのが、よほど悲しかったのだろう。その気持ちが痛いほど伝わり、和貴は言葉もなく、雨にけぶる東弥の顔を複雑な思いで見つめ続けた。

長い時間を沈黙で過ごした後、何を思ったのか、東弥が顔を上げてプールを見た。昨日、水を張って消毒してからまた全部抜いてしまったので、水槽は再びただの箱となっている。まるで、そのことに同情でもしているように、雨が優しく降り注いでいた。

「……底に降りてみようか?」

静かな口調で、東弥が言った。

「もう、プールの底に寝そべるなんて贅沢《ぜいたく》な真似、できないじゃないか」

和貴の返事も聞かないで、東弥はさっさと先に降りていく。どうせ濡れついでだし、と和貴も決心をしてすぐその後に続いた。

階段を降りると、東弥は早くも仰向けに寝そべり、身体全体で雨を受け止めている。その姿は限りなく自由で、もうすぐ彼が闘病生活を送るとはどうしても信じられなかった。

横たわる東弥の傍らに佇むと、彼は目を閉じたまま、まるきり普通の声で言った。

「高岡……セックスしようか」

「え……」

「ここで。プールの底で、空を見ながら」

「俺と？」

「他に、誰がいるんだよ。ああ、噂になった幽霊か。あれは、俺たちが中学の頃……」

「話をはぐらかすな」

いつかと同じ会話に苦笑し、和貴は雨に叩かれながらゆっくりと膝をつく。東弥は小さな笑い声をたて、不自由そうに両手を天にかざして和貴を招き入れた。

一度しっかりと抱き合った後、和貴は東弥の麻痺した指先に唇を寄せた。動かせないのが不思議なくらい、東弥の指はしなやかで柔らかかったが、絶望的に冷たかった。

「……治るんだろ？」

尋ねる声音が、震えるのがわかる。

東弥は薄く瞳を開け、微笑みながら頷いた。

「なぁ、そんな顔するなよ。俺、高岡にそんな顔をさせたくて、一緒にいるんじゃないんだ。おまえ、花を折ってただろう？　他人の花なのに、当たり前みたいな顔して、すごく鮮やかに何本も手折ってた。ああいう顔が、好きだ。あれから、ずっと憧れてたんだ……」

口づけをせがみながら、うわ言のように東弥は囁き続ける。同じことを何度も何度も、和貴が笑みを取り戻すまで降り続ける雨のようにくり返す。

シャツのボタンを外し、露《あらわ》になった肌や首筋に和貴が唇を寄せると、やがて言葉は吐息に変わっていった。

他人と肌を重ねる喜びに和貴もいつしか不安を忘れ、東弥の漏らす声だけに夢中になる。ぐしょぐしょに濡れた制服は脱がせるのが困難だったが、パラパラと耳に響く雨音が心を自然と落ち着かせてくれた。

東弥が辛くないようにと、それだけに注意を払いながら和貴はそっと下肢に指を伸ばし、初めて東弥自身に触れてみる。途端、東弥は短く声を上げ身体が緊張で固くなったが、和貴の愛撫《あいぶ》を受け入れようと努力しているのが切なげなため息の音色でよくわかった。

「時田……大丈夫？」

遠慮がちな問いかけに東弥はまた瞳を開き、和貴の頬に左手を滑らせる。髪から滴《したた》る滴《しずく》がその指に沿って流れ込み、東弥の胸を濡らしていった。

東弥は僅かに赤みの差した顔で「雨……高岡が、降らせてるみたいだ」と、ポツリと呟く。和貴と彼の背後の雨空しか視界に映っていないので、そんな風に思ったのだろう。なんだか東弥を支配しているような奇妙な感覚に襲われて、和貴はしばし戸惑った。

けれど、そんな微かなためらいも、東弥が何度目かの口づけを求めてきた時に欠片《かけら》も残さずに消えてしまう。舌と舌を絡めながら、微妙に力を加減して指の動きを再開すると、たちまち東弥の身体が愛撫に合わせて変化した。

体温が上がり、重なる肌を通して鼓動が激しくなるのがわかる。和貴も、東弥の上げる声や吐息に快感を揺さぶられ、相手のことだけを思いやる余裕が段々なくなっていった。

自分でシャツを脱ぎ、ほとんどの衣類を取ってしまうと、雨の刺激が一層強くなった気がする。だが、それより早く東弥を抱きしめたくて、広げられた腕の中へ改めて身を沈めていった。擦れる肌の痛みにすら快感が生まれるということを、和貴はこの時に初めて知った。

「高岡……名……前……名前、呼んで……」

一層激しく貪《むさぼ》るような愛撫に、東弥が朦朧《もうろう》とした口調でそうねだってくる。子どものような東弥が嬉しくて、和貴は何度も耳元で愛しいその名前を呼び続けた。

同性と寝た経験はなかったが、東弥の反応はとても素直で、彼が望んでいるように愛してあげることは和貴にもそう難しいことではなかった。

東弥は慣れない左手で和貴を同じように愛してくれたし、そうして互いの下肢に触れなが

ら口づけを交わしているうちに、呼吸や鼓動の音さえどちらのものかわからなくなってきた。

身体が直接繋がらなくても、二人は完全に一つだった。

先刻、東弥が指を動かせるかもしれないと口にしたように、どんな奇跡でも起こせる情熱が互いの胸や指やつま先に溢《あふ》れていた。

「東弥……東弥……」

こめかみや額《ひたい》に口づけをして、和貴は浮かされたように東弥を呼ぶ。

しがみつく腕の強さは生命力に満ち、ひととき和貴は東弥の病気を忘れた。そうして、東弥と過ごす夏を夢見て、とても幸福な気持ちに満たされた。

このまま抱き合うだけでもよかったのだが、東弥はちゃんと抱かれることを望み、自ら進んで和貴を受け入れようとする。最初はためらいのあった和貴も、辛そうに唇を嚙んでいる姿には更なる熱がかきたてられた。

深く身体をおし進めていくたびに、掠れた声が雨に混じる。その音に煽られて、結局は夢中にさせられてしまった。

動きを激しくしていくにつれ、肩を嚙まれ、水音が跳ね、周囲に声が反響する。

いつしか頭の中は真っ白になり、雨音もプールも全てが遠い世界のように現実感を失っていった。感じられるのは自分と東弥の身体だけで、和貴は必死でそれにしがみつこうとしたが、そんな意識もじきに弾けて消えてしまった。

雨は、まだ降っている。

だるそうに仰向けになった和貴は「ずぶ濡れだなぁ」と今初めて気がついたように呟いて、傍らの東弥に笑われた。

「……東弥」

控えめに呼び捨てにすると、返事の代わりに東弥がむきだしの肩に額を寄せてくる。その仕種《しぐさ》に勇気を得て、今度は「大好きだよ」と囁いてみたが、生憎《あいにく》と雨音にかき消されてしまい、東弥の耳には届かないようだった――。


「帰った？　いつですか？」

管理人の言葉が信じられず、和貴は思わず食ってかかる。しかし、何度確認をしようと返事は同じで、しまいには迷惑そうにプールの鍵を押しつけられてしまった。

「そんなに疑うんなら、中に入って探してみなさいよ。あの子なら、午後早くにここへ来て給料を受け取った後、挨拶《あいさつ》して帰ってったんだから」

「でも、俺たち約束してたんですよ？　四時にここで待ち合わせて、一緒におじさんに挨拶しようって。それで……」

それで、病院の名前や住所など、必要なことは全部教えてもらう約束だった。現に昨日の別れ際、東弥はいつも通りの明るい口調で、じゃあ四時に、とくり返したのだ。

「でも、私は嘘は言ってないからね。あの髪の茶色い子は、もう帰ったよ」

「そんな……」

何がなんだかわからず呆然とする和貴に、管理人は同情たっぷりな眼差しを送っていたが、不意に何かを思い出したような顔で急いで事務所へ姿を消してしまった。

（一体、どうしたんだ。東弥の身に、大変なことでも起きたんじゃないだろうな……）

残された和貴はあれこれ良くない想像を巡らせてみたが、東弥本人がここへ来ているのだから、その想像が的外《まとはず》れなことはわかっている。とすると、一番自然なのは約束をすっぽかされた、という単純な事実だった。

東弥は、和貴との約束をあえて破ったのだ。

「なんでだよ……」

途方に暮れているところへ、管理人が何枚かの封筒を手に戻ってきた。

「ええと、あんた名前は……」

「え？　あ……高岡です。高岡和貴」

「そうか、そうか。そしたら、はい給料ね。一週間、どうもご苦労さま。生憎と昨日は雨が降っちゃったんでアレだけど、後はプールに水を張るだけだし私がやっときますから」

現金の入った茶封筒を渡され、和貴は複雑な気分でそれを握りしめる。初日に負った手の怪我もすっかり癒え、少しも傷に響かないのが切なかった。

「それから、これがプールのフリーパス。八月末まで有効だから、友達でも誘ってまたいらっしゃいよ。それと、こっちが……」

まだ何かあるのか、とウンザリしかけた時、目の前に『高岡和貴様』と書かれた白い封筒がすっと差し出された。

「……これ、なんですか？」

「あの子がね、あんたが来たら渡してくれって置いてったんだよ。なんでも、東京の方へ引っ越しちゃうんだってねぇ。だから、自分の分のフリーパスもあんたにあげるって言ってたよ。どうせ、自分は使えないからって」

「東弥が？」

「そうそう、時田東弥くんだ。やっと名前を覚えたのに、残念だねぇ。プール開きは来週だから、二人で来られるとよかったんだけど」

「そうですね……」

お世話になりました、と力なく頭を下げると、これから少しでも忙しくなるのが嫌なのか、管理人はやれやれとため息を返してきた。

『高岡和貴様。

こんな風に改まって名前を書くと、なんだかすごく照れますが、手紙なのでしょうがないですね。アルバイト、お疲れ様でした。俺が個人的に引っ張り込んじゃったようなもんだったけど、どうでしたか？　俺は、なかなか面白かったと思っています。

唯一残念なのは、水を張ったプールに、とうとう最後まで入れなかったってことぐらいかな。まぁ、それは初めから無理だろうなって覚悟してたんで、諦めもつきます。こう見えても、俺けっこう泳げるんだよ。だから、口先だけの約束になるのわかってたけど、高岡とふやけるまで泳ごう、なんて話してる時すごく楽しかった。あの約束、守れなくてごめんな。

ついでに、今日も約束を破ります。まとめて謝ります、すみません。高岡がこの手紙を読んでる頃には、もう俺はこの街にはいないので、許してくれとも言えないけど……。だけど、やっぱり直接顔を見て話す勇気は出ませんでした。もし、高岡の顔を見ながら病気のことやこれからのことを話したりなんかしたら、俺すごくみっともなくなりそうでイヤなんだ。絶対、何か甘えたことを言って高岡を困らせたと思う。だから、手紙にしました。手紙も、あんまり書き慣れてないから文章が変だったら、許してくれ。

俺の病気は、実はよく原因がわかっていません。生まれつき、神経が上手く繋がっていない部分があるらしいです。脳からの命令が、いきなりショートしたりこんがらがったりするわけ。でもまぁ、そこそこごまかしながらなんとか生活は送ってきたつもりなんだけど、小学三年の時に一度大きいのにやられちゃって、その時はリハビリに一年かかりました。留年してるって言ったのはその頃のことで、医者が言うには……多分、後から腕に問題が出るだろうということだった。実際、その時も右手が動かなかったんだ。でも、投薬とリハビリでなんとかなったし、それからはしばらく大きな症状も出なかったから……まさか、再発するとは夢にも思ってなかった。ずっと病院通いは続けていたけど、本当に本当に再発するなんて夢にも思っていなかったんだ。

なんだかやたらと腕が疲れるな、と思い始めて、検査の結果を医者から知らされたのが今年に入ってすぐだった。はっきりと自覚症状が出始めたのは、春頃だったかな。それまでムキになって剣道だのピアノだのいろいろとやってたんだけど、これ以上続けたら周囲の人間にもバレるなって限界が見えたんで諦めざるを得なかった。やっぱり、俺にも意地があるからね。入院する前から病気だって皆に知られるのは、どうしてもイヤだったんだ。それで、バンド連中にもケンカ売るみたいな形で出ちゃったわけ。そのとばっちりで高岡には迷惑かけちゃって、すごく申し訳なかったと思ってる。傘の件、まだ実は気にしてるんだけど、でも高岡は本当に俺に気がつかなかったのかもしれないよな？　だから、俺の中でもそういうことにしておくよ。

そういえば、俺の母親はバイトには反対だったんで、しょっちゅう携帯にも電話かけてきてまいったよ。でも、それを見た高岡が気まずそうな顔してるの、ほんの少しだけ嬉しかったな。おまえ、もしかしたら、女の子からの電話かなんかと勘違いしてたんじゃない？　けっこう俺のこと意識してんのかなって、勝手に自惚れたりしてたけど、ああいう高岡のいろんな表情を見られただけでも無理してバイトを続けた甲斐《かい》があったと思うよ。まぁ、その分ワガママを通して親には心配かけちゃったけどね。俺の病気ってゆっくり進行していくタイプで、時間がたつほど病状がひどくなっていくんだ。だから、この一、二ヵ月はヒヤヒヤしてたんじゃないかな。さすがに、もう右手がほとんど利かないからね。じゃあ、この手紙はどうやって書いたのか、高岡は不思議に思うだろ？　実は、俺、両利きなんだ。リハビリの成果、ここにありって感じだろ。でも、字が汚いのは病気とは無関係です。

ああ、それにしてもこれからリハビリの日々が始まるかと思うと、本気で逃げたくなってくるなぁ。だけど、もう一度ピアノ弾きたいからね。竹刀《しない》も振りたいし、高岡ともジャンケンがしたい。だから、頑張ってくるよ。いつ帰れるかはわからないけど、絶対、この街にもう一度戻ってくる。その時に高岡がどこにいるのか、それがわからないのが不安だけど、俺、きっとおまえを捜し出す。絶対、ちゃんと見つけるよ。

今は一人で頑張らなきゃいけない時だし、いろいろ考えたんだけどやっぱり俺からは連絡を取らないことにした。それを、高岡は勝手だと怒るかもしれないけど……。でも、昨日のことだけで、もう俺には充分なんだ。同情でも、俺、すごく嬉しかった。こんなこと書くの反則かもしれないけど、やっぱり書いておくよ。

俺、ずっと高岡を好きだったよ。おまえがムクゲを手折るのを見た瞬間から、ずっと高岡に憧れていた。どういう意味の好きなんだか自分の中でもよくわからなかったけど、昨日おまえに抱きしめられた瞬間、やっとはっきりわかったんだ。

ただ、俺の気持ちに高岡が引きずられたんだとしたら、悪かったなって思う。もしかしたら、病気を楯《たて》にして俺は無意識に高岡をたぶらかしたのかもしれないだろう？　それが怖いので、やっぱり元気になるまで会わない方がいいと思うんだ。

そういうわけで、ここできちんと言っておきます。もしも、高岡が昨日のことを後悔しているんなら、なかったことにしてほしい。全部、忘れていいんだからな。大丈夫、俺は精神も頑丈にできてるから。心配いらないよ。

まずい、さすがにそろそろ手が痺《しび》れてきたな。左手までとなると、今回の治療はちょっとやばいかもしれない。かなり気合い入れないとな。高岡も、こんな風にいなくなった俺をとんでもない奴って思ってるだろうけど、どうか俺のことを頭のどこかで覚えておいてください。いつか会える時、俺はまたおまえにぶつかるよ。雨の日は、注意して歩くように。

最後に、同封のお金は今回のバイト代です。村上のバァちゃんに、ムクゲの世話代として渡してください。ちゃんと話をしてあるから行けばすぐにわかると思うけど、あのムクゲの一株は高岡のものです。俺が、バァちゃんから買いました。これで、好きなだけ花が手に入るな？　自分の母親にプレゼントでもして、まぁなるべく仲よくやってください。病気になった時は、やっぱり一番世話になる人だし。余計なお節介だろうけど。

それじゃ、時間なのでそろそろ行きます。病院の場所なんかは、家族に訊いてもムダだからな。誰にも教えないよう、固く口止めしてあるんだから。俺も、元気になるまでおまえに会いたくない。でも、高岡のこと忘れないよ。だから、しばしのお別れだ。

また会える時まで、さようなら。どうか、それまでお元気で。

時田東弥』

プールの壁に背中を預けて、和貴は最後の一行までをいっきに読んだ。それから最初に戻って読み直し、三度目に入る頃にはほとんど諳《そら》んじられるほどだった。

「何が、忘れていいから……だ」

くしゃ、と手の中で手紙が歪む。

ふと上げた視線の先には、昨日飛ばした緑の傘がポツンと落ちていた。

どうして……と、和貴は思う。

東弥は、どうして一言尋ねてくれなかったのだろうか。自分のことをどう思っているのか、せめて一言でも尋ねてくれていたら和貴は迷いもせずに答えたのに。

君が好きだ、といくらでも東弥が望むだけ囁いたのに。

「同情で、男が抱けるかよ。バーカ……」

でも、東弥は尋ねなかった。和貴も、何も言わなかった。昨日の告白は届かなかったと知っていたのに、いつでも機会はあるからと、どこかで現実を甘く考えていた。今日の続きが明日になると、無邪気に信じて疑わなかった。気を抜いていた、自分のせいだ。

目を閉じて、静かに東弥を想った。

まず、何から始めようか。

やがて、目を開いた和貴はそう呟く。

多分、東弥は東京の病院にいる。病院の名前も住所もわからないし、家族には口止めをするという念の入れようだが、きっと東京中の病院を当たればいつかは彼にたどり着く筈だ。東弥は今日の午後早くに街を発《た》ったのだから、すぐに行動を起こせばきっと見つけられる。

そうだ。駅へ行く前にムクゲの枝を折っていこう。由利沢が蕾をつけたと言っていたから、彼を見つける頃には花もほころび始めているのに違いない。東弥は「母親に」と言ってくれたが、彼の方があの花は似合う。

両手に白い花を抱えて、薄い花弁を頭から降らせてやろう。そうすれば、きっと彼の決心も揺らぐから、そこにつけ込んで側に居座ってやる。こうなったら、僅かな時間でも離れるつもりなんかないと、態度でわからせてやるしかない。
和貴は、走り出した。
心は、東弥に会ったら打ち明けるつもりの言葉で溢れそうだった。
走り続けながら、和貴は東弥の名前を呼んだ。
幾度も幾度も、声が嗄《か》れるまで呼び続けた。

悲しい気持ち

高野宏《たかのひろし》は、沢渡郁也《さわたりいくや》よりも十センチほど背が高い。

成績も郁也よりずっと上位だし、中学から続けている部活動の剣道では県大会の個人でベスト4入りを果たしている。

性格はどちらかというと無口で無愛想の部類に入るが、無駄口を叩《たた》かない分「他の男子よりも渋い」と女子には上々の評判だ。


そんな宏だが、昔から一つだけ郁也に勝てないものがあった。

多分、それだけはこの先も変わらない。


「高野ぉ、おまえ、沢渡に彼女を奪《と》られたんだってな？」

まただ。一体、今朝から何度同じセリフを言われただろう。

傷心に噛《か》みつくような同じ言葉、同じ表情《かお》、同じ好奇心。いい加減、うんざりする。

だが待てよ、と宏は思った。

無意識に使った『傷心』という単語だが、今一つ現在の自分の心境にはしっくりとこない気がしたのだ。例えば、剣道の試合で負けた時にいつも感じる、息詰まるような絶望感。それを、今の自分は感じていない。付き合い始めたばかりの彼女と僅《わず》か二ヵ月で破局を迎えたにしては、ずいぶんと心は穏やかなままだ。

そうだ。『傷心』っていうのは、こんな気持ちの事を言うんじゃない。

幾年も前に過ぎ去った夏の記憶が、一瞬宏の胸を横切った。

「なぁ？　高野、聞いてんのかよ？」

「え……」

そこで、ようやく宏は現実に立ち返った。

声をかけてきたのは、クラスでも特にニギヤカな西村《にしむら》という奴だ。西村の場合、明るいだけが取り柄だという言い方もできる。宏の周りを一日中ウロウロしたあげく、放課後になってからようやく話しかけるチャンスを見つけたのだろう。まったく、ご苦労な事だった。

「だから、皆が噂《うわさ》してただろ？　沢渡がおまえの彼女、奪ったって」

「いや、別に奪られたってわけじゃないけど……」

部活に行こうとしていた宏は、西村の不躾《ぶしつけ》な物言いに些《いささ》かムッとした口調で答える。すでに、教室に残っている生徒は数もまばらだったが、少しは人目を気にしてくれたってよさそうなものだ。まぁ、もともとそんな気遣いができる人間なら、本人へ直接こんな無神経な質問など投げてはこないだろうが。

「皆がどう言ってたかは知らないけど、俺と森山《もりやま》が別れたのは沢渡とは関係ないから」

「まったまたぁ」

「……少なくとも、俺はそう思ってるよ」

自分が何かコメントをするまで引き下がりそうもないと悟り、宏は仕方なくそう答える。

だが、この答えだって口にするのは朝から通算で二桁《けた》目なのだ。それでも、宏は根気よく同じセリフをくり返した。

「本当だよ。沢渡が奪ったってわけじゃない」

「でもさ、俺が聞いた噂じゃ、これで沢渡の悪事ももう四回目だって……」

「違うよ」

宏は、力強く否定した。

「あいつが……沢渡が奪ったわけじゃない。今回は、たまたま俺と別れた直後に、彼女が沢渡へ心変わりをしただけだ」

「今回も、だろ」

無邪気な西村は、ご丁寧にも訂正してくださる。しかし、宏は表情を変えなかった。

「そう、今回も。でも、沢渡が〝奪った〟わけじゃない」

「頑固な奴……。まぁ、そう言いたい気持ちはわからなくもないけどなぁ」

『だけどな、高野。世間ではそれを『略奪』と言い、他人の恋人を奪った事になるんだぜ』

昨晩、心配して電話をしてきた友人も、呆《あき》れたようにそう言った。

確かに第三者から見れば、そういう話になってしまうんだろう。だが、宏の方には被害者意識など欠片《かけら》もなかった。郁也を庇《かば》ってやる理由は何もなかったが、それが宏にとっての真実なのだから仕方がない。それを、どうして誰もわかってくれないのだろう。

やれやれ……と、宏は憂鬱《ゆううつ》なため息をついた。

実際、中学二年から高校二年の現在に至るまで、宏の付き合う女の子はどういうわけか軒並み郁也へ鞍《くら》替えしている。それは、紛れもない事実だ。単に振られるとか、他の男に心変わりするというのとは違って、相手は必ず沢渡郁也であり、それはただの一度も裏切られた事がない。西村が言っているのは、要するにそういう背景を含んでの上だ。

けれど、騒ぐのは常に周囲だけで、当の宏はおろか郁也や別れた彼女など、直接の関係者で積極的に口を開く者は今まで一人もいなかった。付け加えるならば、『奪った』『奪られた』なんて言い方をしているが、郁也が宏の元彼女たちと改めて交際を始めたという事実もない。別れの陰には必ず郁也の存在があったが、でもそこまでだった。

「高野ってさぁ、大物なのかドン臭いのかわかんねぇな」

スキャンダラスな話題の割に緊迫感が皆無なため、西村はかなり拍子抜けしたようだ。いい加減頭にきた宏は、殊更ぶっきらぼうに言葉を返した。

「別にどっちでもねぇよ。朝からその話ばっかりで、こっちは大概うんざりしてるんだ。もういいだろう？　悪いけど、俺部活があるから。夏休み前に、交流試合があるんだ」

言うなり、宏はすでに背中を向けている。有無を言わさぬその迫力に、やっぱりこいつは大物かもしれないと、お気楽な西村は感心しながらその後ろ姿を見送った。

「なんだかなぁ……」

自分がどんなに無遠慮な振る舞いをしたのか省《かえり》みることもなく、ポツッと西村は呟く。

もしも自分が宏の立場だったら、ああ平然と部活になど行けそうもない。いくら優秀な選手で、来月には試合が控えているとしても、とても冷静に練習できるとは思えないからだ。

宏の別れた四人目の彼女は、剣道部のマネージャーだった。

「大体、謎が多すぎなんだよなぁ」

西村は、ますます不可解な顔をして腕を組む。

「沢渡は確かに女受けするルックスだけど……でも、高野の方が断然カッコいいじゃん。顔はもとより胸板や肩幅だってがっちりしてるし、背だって全然……」

「俺より十センチは高いし、ワンサイズ上の制服だし？」

突然セリフの最後を横取りされ、西村はギョッとして後ろを振り返った。

「さ、沢渡……！　なんで、おまえがここにいんだよっ。おまえ、B組だろっ」

「いいじゃん、隣のクラスなんだから。放課後、どこに出入りしようが俺の自由だろ？」

「じゃ……じゃあ、もしかして今の……聞いてた？」

「聞こえたんだよ。西村、言ってくれるじゃんか」

いつの間に近づいていたのか、背後に立った郁也がそう言ってニッコリと微笑《ほほえ》みを浮かべる。小づくりな顔をひょいと右へ傾ける仕種《しぐさ》には愛敬《あいきょう》があるが、瞳の光は実に酷薄そうだ。

ただでさえ後ろめたい西村は、思わず背筋がゾクッとした。

「まぁ、そうビクつくなって。西村の言った事は、全部本当だもんな。高野の方が、俺より何倍もカッコいい。そんなの浮気な彼女たちだって、充分わかってるさ。それでも俺の方に来ちゃうんだからしょうがないと思わない？」

「そ、そうだよなぁ。そんじゃ、俺はこれで……」

欠片《かけら》も崩さない笑顔がいっそ不気味で、西村は返事もそこそこに逃げ出そうとする。その首に、半袖《はんそで》シャツから伸びた郁也の右腕が器用に絡みついた。

「な、何すんだよっ」

「……もちろん、高野は身長だって俺より高いよ。あいつは余裕で百八十越えてるけど、俺はギリギリで七十五止まりだもんなぁ」

「だから、それは悪かったたって……っ……」

動きを押さえられた西村は、郁也の腕の中で不自由そうにバタバタもがく。二人はさして背丈が変わらないのだが、細身の郁也の方が幾分小さく見えた。

だが、この「小さく見える」が、曲者《くせもの》なのだ。数字だけはごく平均だが、郁也は自分の見かけが実際よりも小柄に映る事実を割と気にしている。それで、身長の話題を持ち出されると必要以上に攻撃的になってしまうのだった。

「放課後の教室で、噂の高野君と一体何を話していたのかなぁ。感心しないなぁ、他人の陰口なんて。中傷は陰に隠れて、もっと卑屈に行うべきじゃないか？」

首に回した腕を強く引き寄せると、郁也は西村の耳元で悪魔のように囁《ささや》いた。これこそ、教室で行うべきパフォーマンスではない。

「沢渡……おまえは、いつかその性格で身を滅ぼすぞ……」

妙に芝居がかった口調で、西村はかろうじて反論した。郁也はおやおや、と肩をすくめると、絡めていた腕をパッと放す。

「温かいご忠告、どうもありがとうだぜ」

ついでに、旧知の友人に対するような満面の笑みまで付け足した。

確かに、自分はあまり褒められた性格ではないと郁也も思う。だが、常識を問われるのは宏の彼女に関してだけで、それについては西村の知ったこっちゃないのだ。それに、郁也は西村が前から嫌いだったので、いくら罵倒《ばとう》されようが痛くも痒《かゆ》くもなかった。

「俺が彼女を奪ったなんて話は、高野本人が否定してるんだ。だったら、それでいいじゃないか。それに、高野が言ってた事は本当だぜ。俺が、奪ったわけじゃない。高野に振られた女の子を、こっちで優しく慰めてやっただけだ」

「う、嘘《うそ》だろ」

「さぁ、どうかな」

郁也は、いけしゃあしゃあとそんなセリフを言ってのける。言うだけ言って気が済んだのか、普段のどこか人なつっこい表情に戻っていた。

こういう顔だから、何を言っても本気で憎まれないんだよな。

複雑な気持ちで、目の前の澄んだ黒目を見つめ、西村は心の中でそっと毒づいた。

平均点以上に整った顔は愛敬のある表情に縁取られ、そのくせ瞳にだけは甘い毒がちらついて見える。その油断できない雰囲気が、郁也の大きな魅力だった。

口は悪いし不真面目だし、態度がいちいちヤサぐれている。それでも郁也が周りから不評を買わないのは、もう天性としか言い様がないものだ。いつも何かに拗《す》ねているような態度が、逆に皆には微笑《ほほえ》ましく映ったりする。そのため、郁也は男にも女にも本気で疎《うと》まれるという事がほとんどなかった。小ざっぱりとした外見と、少年ぽさを残した手足が、郁也の言動の端々に心地好《よ》い清潔感を与えていたせいかもしれない。

そして、もう一つ。

別《わ》け隔てなく誰にでも愛想が良いというのも、好かれる大事なポイントだった。気まぐれな奴かと斜めに見ていると、意外に人なつこい笑顔で寄ってきたりする。そうなると、誰だって悪い気はしない。期待しなければ、人の喜びは倍増するものだ。郁也はそこら辺を、計算しないで上手にやってのけた。世渡り上手な野良猫、と表現すれば頷《うなず》く者もたくさん出てくるだろう。

「それで、沢渡はどうするつもりなんだよ。高野の彼女と付き合うのか？」

「西村、おまえそうとう性格悪いなぁ」

ヤケクソ気味に質問を投げかけられても、郁也は特に気にした風もなく笑った。

「俺、昔からフリーだもん。誰とも付き合う気なんかないよ」

「だって、おまえ半年前にも高野の彼女を奪ったじゃんか。あの時は、ほら……何だっけ。髪が長くて色白で図書委員の……」

「榊原《さかきばら》さん？」

「そう。その、榊原。親父が大学教授で、兄貴が東大生で」

「胸が小さくて、その分肌が綺麗《きれい》で、膝《ひざ》から下がスッと長く伸びた」

「……沢渡ィ〜……」

かんべんしろよ、と西村は脱力した顔を見せる。だが、郁也は話すのをやめなかった。

「俺、榊原とだって付き合ってないよ。高野と彼女が付き合ってる最中に、成りゆきでこっそり三回デートしただけで。それを、榊原が自分で高野にバラしちゃったんだ。でも、その後で改めて彼女と付き合った覚えはないなぁ」

「…………」

「榊原からも、愛の告白をされたわけじゃないし」

それでも、世間ではそれを『奪った』と言うのかな。

郁也はそう続けようとしたが、さすがに思い止《とど》まった。他人の恋人に手を出した事実に変わりはないのだし、それは郁也自身にもよくわかっていたからだ。

それなのに、宏は勝手に郁也を庇《かば》っている。こちらが頼みもしないのに、毎度丁寧に悪い噂を打ち消してくれるのだ。お陰で、皆が面白がって騒ぐのも数日だけで噂はいつも尻《しり》つぼみに終わっていた。被害者である筈《はず》の宏があんまり平然としているので、騒ぎ甲斐《がい》がないせいだろう。郁也に何か弱みでも握られているんじゃないか、と言い出す輩《やから》もいたが、ドラマじゃあるまいしと賛同する者も出なかった。

それに、宏に庇われたからといって郁也は特に有難いとも思わない。

非難や中傷が怖くて、色恋ができるか。宝物だって、大事にしていなければ横からかっさらわれても仕方がないんだ。それが郁也の言い分だったし、良心が咎《とが》めるなんて事もなかった。

「あのさぁ、沢渡。俺、なんか頭痛がしてきたから帰るわ……」

「あ、そう？」

「……じゃあな」

疲れ切った様子で、西村がゆっくりと立ち上がる。

西村だけでなく、郁也と宏の問題に首を突っ込もうとした人間は、必ずこんな風に途中で匙《さじ》を投げた。

二人の屈折しきった関係は、今更当事者にだって説明ができない。それを第三者が解き明かそうなんて、所詮《しょせん》無理な話だった。

「しかし、本当に沢渡って性格悪いよなぁ。マジ、容赦がないよな。それとも、ひょっとして高野の事、凄く嫌ってんのか？　おまえらって、確か同じ中学出身だろ。でも、今は全然付き合いとかないよな？　二人が仲良く話してるとこなんか、見た事ないし。それって……」

「嫌う？　まさか、全然違うよ」

屈託なく、郁也は答えた。

あんまりアッサリと否定されたので、一瞬西村の方でも返す言葉が無かったくらいだ。

呆気《あっけ》に取られている相手に向かって、郁也は不透明な微笑みを浮かべた。

「高野が、俺を嫌ってるんだよ」

始まりは、中学二年の夏だった。

夏休み直前で、生徒たちは誰もが浮足立っていた。当時同じクラスだった郁也と宏も、もちろん例外ではない。何といっても、今年は初めて大人の同伴なしで海に行く計画が持ち上がっていたのだ。言い出したのは何事においても皆を率先する郁也で、宏も含めた仲の良いグループ全員がその意見に大賛成をした。

だけどさ、と一人が言う。男ばかりじゃ、ちょっとつまんないよな。

すぐに、皆が頷いた。どうせなら、女の子も一緒の方が楽しいに決まってる。

そこで彼らは、思い思いに意中の女の子を誘う事にした。

郁也はクラス委員をやっている、しっかり者で明るい同級生に声をかけようと思った。もっと可愛《かわい》い子は他にもいたが競争率が高そうだし、それに彼女の事は前から少しだけ気になっていたのだ。

それが、宏との仲をぎくしゃくさせるきっかけを生むなんて、その頃の郁也には想像できなかった。

郁也の選んだ女の子は、事もあろうに宏とかち合っていた。

彼女を海に誘うまで、その事実を郁也はまるで知らなかった。女の子は郁也の誘いを嬉《うれ》しがり、その気持ちを強調するためか「高野君からも誘われたけど、断った」と無邪気に告白をしたのだ。彼女は郁也からの誘いを、特別の意味に受け取っていた。

だが、それを聞いた時の郁也の衝撃は大きかった。そんなバカな、とぐらぐらする頭で何度も思った。

それは、友人の想い人を知らずに横取りしてしまったという、よくある話だったからではない。何故《なぜ》かはわからないが、郁也は宏が女の子を海へ誘うという事実にあまり現実味を感じていなかったのだ。

そのため、宏がちゃんと女の子に声をかけていたという話に驚き、自分でも不思議なほど狼狽《ろうばい》していた。まして、相手が重なってしまうなんてとんでもない事だった。

宏と郁也は、中学に入学してからの付き合いになる。

無口で一見おとなしげに見えるが、宏には妙な存在感があって仲間内では一番大人っぽかった。自分が気分屋で子どもっぽい性格なのを密《ひそ》かなコンプレックスにしていた郁也は、そんな宏に対して尊敬にも似た感情をずっと抱《いだ》いていたのだ。

宏だけは、特別な人間だと思っていた。

だから、自分にとっての宏は『高野宏』一人で完全だった。

女の子を好きになる宏などこの上なく俗っぽく思えたし、それまでの郁也の頭には存在していなかった。それなのに、宏の意中の子は自分の方の誘いを受けると言う。郁也は、完全にパニックに陥った。

完璧だと信じていた相手が、他の人間から見れば自分よりも魅力の褪《あ》せた存在になるなんて、どうしてもどうしても納得がいかない。

郁也はまだ幼かったから、幻滅するよりも先に理不尽な怒りを覚えた。それは、自分と宏に対しての頑《かたく》なな怒りだった。

どうして、女の子なんか誘ったりするんだよ。

なんで、カッコ悪く振られたりするんだよ。

おまえのよさがわからないバカな女を、どうして俺は選んだりしたんだよ。

郁也の頭はそんな文句で一杯になり、幼い価値観は見事なまでにぺしゃんことなった。けれど、宏自身に食ってかかる勇気もなく、郁也は誘った女の子に対して殊更優しく接し続けた。今でこそ誰もが知っている、拗ねた態度と愛想の良さという矛盾する二つの顔は、この時期で徹底的に磨かれた。

それで結局どうなったかというと、海は親たちの猛烈な反対にあい、街外れにある古い市営プールへと変更を余儀なくされてしまった。

昔から一定周期で幽霊の噂が出たり、何歳になるかわからない無愛想な老人が管理人をしていたりで、とにかく面白味に欠けた場所には違いない。それでも、他のメンバーは女の子と出かけるという事実だけで、充分満足をしたようだった。ただし、宏だけは風邪をひいたとかで当日は来なかった。

その後、それがきっかけで付き合い始めたカップルもあったが、郁也はクラス委員の彼女とはどこへも出かけなかった。お陰ですっかりその気になった彼女に恨まれ、「どういうつもりなの」と一部の女子たちからつるし上げを食らったりもしたが、最後までだんまりを決めこんだ。

宏とも、それきり疎遠になった。

お互いに彼女の名前は一度も持ち出さなかったが、向こうも何か思うところはあったのだろう。授業中、ふっと気づくと、郁也は静かに自分を見つめる宏の視線とぶつかった。その視界にいる居たたまれなさから、宏を傷つけ始めたのもこの頃だ。

宏と仲良くする女の子が出てくれば、郁也は必ずアプローチを仕掛けた。

大抵の子は、宏の大人びた外見や、凛々《りり》しく剣道に打ち込む姿に魅《ひ》かれている。なのに、同じように見栄えのする郁也に少し甘い事を言われれば、簡単に誘いに応じてきた。それは、不思議なほど楽な駆け引きだった。

それなのに、あいつは。

いつでも、肝心なところで郁也は宏の瞳を思い出す。なびいた女の子と上手《うま》くラブシーンまで持っていけそうになった途端、自分を見つめる宏の瞳でその手が止まる。もちろん、そんなのは気のせいだ。宏が郁也と付き合いがあったのは中学二年の夏休みまでで、それだって百年も昔の事なのだ。それなのに、未《いま》だに感覚のどこかで宏の視線を覚えている。そういう自分が、郁也は情けなかった。

いつまでも、宏に憧れていた自分から変われなかった。


最近、少しだけ調子が悪い。

スランプかな、と宏は他人事《ひとごと》のように考え、連日他の部員が帰った後も一人で道場に残っていた。

素振りをしたり踏み込みの間合を調整したり、そんなことを黙々と飽きずにくり返す。今日も道場を閉めるギリギリまで頑張っていたのだが、そろそろタイムリミットのようだ。最後に上段から大きく竹刀《しない》を振り下ろすと、そのままホッと深く息をついた。

「高野さん、お疲れさまです」

「え……」

「今日は、俺が鍵当番なんですよ。そろそろ、いいですか？」

自分の顔の横で鍵束を振り、部員の桐谷亘《きりたにわたる》が笑っている。二年の四月から途中入部してきた彼は、同じ学年だというのに部長の宏に対して常に敬語を使っていた。

「あぁ…悪いな、待っててくれたんだ。他の奴らみたいに、部室に鍵を置いて先に帰っても構わなかったのに」

「でも、高野さんの型を見ているのも勉強になりますから。俺、キャリア浅いし」

そう言って、亘は開け放しにしていた道場の窓を一つ一つ丁寧に閉め始める。

セリフから察するに、邪魔にならないようどこからか見学をしていたのだろう。制服に着替えた亘は、竹刀よりも本か絵筆の方が似合うたたずまいを見せていた。

「手伝うよ」

胴着のまま宏が窓に向かうと、隣で小さく亘が呟《つぶや》いた。

「悔しくないんですか、高野さん」

「え、何が？」

「……B組の沢渡です。あいつ、高野さんにひどい真似したんでしょう」

「ひどい真似って……」

唐突に話題を振られて、しばし宏は返事に戸惑う。

『四番目の彼女が奪られた事件』から、すでに一週間がたっていた。皆の噂も鎮まった今頃になって、まさか亘からそんな質問をぶつけられるとは夢にも思わなかったのだ。まして、亘は部活こそ一緒だが、これまで個人的に親しく口をきいた覚えもない。

だが、その厳しい横顔から察するに、どうやら亘の発言はただの好奇心でもなさそうだ。逆に興味をそそられた宏は、わざととぼけた返事をしてみた。

「桐谷、おまえ何の話をしてるんだ？」

「だから、沢渡郁也ですよ。俺、今年からこの学校へ編入してきたんで知らなかったけど、高野さん今までに何度も同じ事されてきたんでしょう？」

「なんだ。おまえも、案外ミーハーなんだな」

窓に鍵をかけながら、明るく茶化した口をきく。しかし、亘は本気で憤慨しているのか、きつく下唇を噛むとしばらく黙り込んだ。

亘の怒った表情を宏は初めて見たが、その険しい瞳はどことなく郁也を連想させる。その事に、ハッと胸を衝《つ》かれた。

「ミーハーとか、そんなんじゃないです」

なかなか気が収まらないらしく、亘はようやくそれだけを口にした。

窓から宏へ視線を移した顔は、その拗ねた表情がますます郁也と重なって見える。顔立ち自体は亘の方が整っており、繊細な美貌《びぼう》は男ながら「綺麗」と表現してもいいくらいだったが、彼の作る表情のどこか粗野で投げやりなところは、まるで郁也をなぞっているようだった。

「高野さんって、沢渡に何か恨みでも買ってるんですか？」

「いや……思い当たらないけど。どっちかというと、昔は仲が良かった方だし」

「昔って、どのくらい？」

「中二の夏休みまで」

聞くなり、お話にならないとでも言うように亘は肩をすくめる。そういう些か芝居じみた仕種をするところも、やっぱり郁也と同じだった。宏は今まで部活の仲間としてしか亘を見た事がなかったので、なんだか知らない相手と会話をしている気分だった。

「あの……高野さん」

「ん？」

「すみません、いきなりこんな不躾な話をして。でも、俺ずっと頭に来てたんです。沢渡と俺って同じクラスなんだけど、あいつ全然反省の様子もないんです。相変わらず調子はいいし、クラスの連中とはふざけてるし。俺、そういうの見てると腹が立って……」

「…………」

「高野さんは平気そうにしてるけど、森山さんはマネージャーだし、毎日部活で顔を合わせないとならないでしょう。それって、残酷じゃないですか。それに……知ってますか。沢渡は、別に森山さんと付き合ってるわけじゃないんですよ？」

話している間に興奮してきたのか、亘は段々と早口になってくる。日頃無駄口を叩かず一人で練習に励んでいる姿からは、想像もできない激しさだった。

「なぁ、桐谷」

「なんですか？」

「おまえ、もしかして沢渡が嫌いなのか？」

宏の素直な問いかけに、意外にも亘は微《かす》かなためらいを見せる。だが、すぐに気を取り直したように、きっぱりと言い切った。

「ええ、嫌いですね。沢渡自身もだけど、ああいう勝手な事をしてて、それを周りが許してる、みたいな馴《な》れ合った雰囲気は苦手です」

「でも、おまえ似てるよ。少しだけ、沢渡と」

途端に、亘は普段の三倍くらい口を大きく開けた。

「じょおっっだん、やめてくださいよっ！　いくら高野さんでも、俺怒りますよっ！」

本当に、心外だったのだろう。亘がもしも猫だったら、口じゃなくて尻尾《しっぽ》が三倍になっていたところだ。そう思ったら、宏は吹き出しそうになってしまった。

「高野さん、何笑ってるんですか」

「いや、悪い。なんか……桐谷のキャラって、面白いなって思って」

「それは、高野さんが変な質問するからでしょう。俺、沢渡なんか嫌いですから。特に、高野さんの話を……いつも高野さんの彼女を横取りするっていう……聞いてから、無性に腹が立ってしょうがないんだから。でも……無神経に話をふっちゃって、すみませんでした。高野さんと二人きりになるなんて滅多にないから、つい……」

「いいよ、別に。俺、気にしてないから」

「……ずいぶん冷静なんですね。俺はてっきり……」

そこまで言いかけた時、帰宅を促《うなが》す最後のチャイムが鳴り出した。

亘と宏は思わず顔を見合わせ、大急ぎで残りの戸締まりを済ませる。まだ梅雨《つゆ》が明けていないせいか、六月も終わりだというのに、外はすっかり暗くなっていた。

「あの……本当、どうもすみません。俺、何か一人で興奮しちゃって、バカみたいだな」

「……さっきから」

「え？」

「さっきから、すみませんばっかりだな。俺、桐谷ってそんなに簡単に頭を下げたりしない奴かと思ってた。おとなしいけど、プライド高そうだし」

「…………」

宏にしてみれば、何の気なしに口にした言葉だった。

だが、亘はそのセリフを聞くや否や、サッと背中を向けてしまう。

「桐谷……？」

「遅くなりましたね。俺、これで帰ります。鍵は置いていきますから。じゃあ」

「おい、ちょっと待て。もしかして、おまえ怒ったのか？」

「……怒ってませんけど」

そういう声が、すでに怒っている。宏は無意識に亘の腕を摑《つか》むと、そのまま自分の方へ振り向かせようとした。

「悪かったよ。別に、深い意味があったわけじゃないんだ」

「いえ、そうじゃなくて」

答える亘は、上手い言葉が見つからずに困っているようだ。少しの間視線を宙へさ迷わせてから、思いがけないことを言い出した。

「俺、どうも高野さんと話すと緊張するみたいだから」

「緊張……?」

「そうです」

くるりと、亘が正面に向き直った。口調はつっけんどんだったが意外にも明るく笑みを浮かべていて、宏の目に映ったのはすでに知っている亘ではなかった。

挑戦的な物言いと、きつい瞳。けれど笑顔は柔らかく、どこか可愛らしい。

それは、まさしく沢渡郁也だった。

印象が重なる、なんて言葉では足りないくらい、亘は郁也と同じ表情を見せている。日頃物に動じない宏も、これにはさすがに言葉を失った。

「高野さん……?」

怪訝《けげん》そうな、亘の声がする。どこか遠い場所から、自分を呼んでいるようだ。宏はずいぶん長い事、この声を待っていたような気がした。今までに付き合ったどんな相手よりも、ひっそりと親密な何かがひそんでいる。

「緊張するって、どういう意味だ？」

ひどく不安な気持ちになって、宏はそっと亘から腕を離した。亘は摑まれた場所に一度視線を落としてから、再び顔を上げて言った。

「俺、ずっと高野さんに憧れてたから」

「憧れ……」

「去年の県大会、従兄弟《いとこ》が出ていたんで見に行ったんです。そこで、高野さんが準優勝した試合を見ました。それがきっかけで、俺も剣道を始めたんです」

県大会、と宏は心の中で呟いた。あの時付き合っていたのは、確か三番目の彼女だった。

不意に彼女の長い髪を思い出し、宏は唐突に笑い出したい衝動にかられる。だが、唇から出た声は弱々しげで、自分でも驚くほど震えていた。

「……がっかりさせて悪いけど、俺は普通の人間だよ。ああ、でも今はちょっと違うかもしれない。少し、情緒不安定になってるみたいだ」

「大丈夫ですか？　俺が、余計な話をしたから……」

さっきまで怒っていた事も忘れて、亘が心配そうに近づいてくる。品の良いけぶるような眉《まゆ》が、不安げにひそめられていた。

「桐谷……」

切れ長で涼やかな瞳が、すぐ目の前でこちらを見つめている。宏は苦笑いをして、深々とため息をついた。

どうして、亘と郁也が似ているなんて思ったのだろう。郁也なら、自分を心配などしやしない。校内でたまに顔を合わせる時があっても、あからさまに無視を決め込むような奴だ。その度に宏が胸を痛めている事など、きっと想像もしていないに違いない。

「高野さん……？」

「ごめん、桐谷。悪いけど、帰ってくれ。俺、今普通と違うから。まずいから」

「まずいって、何がですか」

言葉尻を乱暴に奪い、気負い込んで亘は言った。

「何も、まずくなんかないです。高野さんが落ち着くまで、側《そば》にいます」

「…………」

「俺、帰りませんから」

そう強く押し切ると、亘は何事か決心したように唇を引き結ぶ。宏は亘の迫力に押されたまま、しばらく黙り込んだ。

不用意に自分を襲った悲しみの波は、ひたひたと全身を覆い尽くそうとしている。凍りつくような指先に、ふと気がつけば亘が触れようとしていた。

「高野さん、俺……」

「え……」

「俺、本当は……」

そこで、ゴクリと唾《つば》を飲み込む。のど仏が上下して、宏は思わずその動きに目を奪われた。

次の瞬間、亘が宏の指先をギュッと手のひらに包み込む。

そうして、微かに顔を赤らめながら意を決したように唇を動かした。

「俺と付き合いませんか」

「付き合う……って……」

言葉の意味を反芻《はんすう》する前に、もう一度亘が口を開く。

「高野さんは、今フリーなんでしょう？　だったら、いきなりだけど俺と付き合ってくれませんか。その……突拍子もない告白だとは思うけど……」

「………」

「俺なら、沢渡が奪る事もないと思います。あいつだって、さすがに男へは手を出さないだろうし。もちろん、俺も、あいつになびく気は全然ないから……」

「桐谷、おまえ……男が好きなの？」

指を亘に預けたまま、宏は静かに尋ねてみた。

亘は更に顔を真っ赤にすると、困ったように俯《うつむ》いて「……わかりません」と小さく呟く。

指を包んだ手のひらが、じんわりと温度を上げていった。

「男で好きになったのは高野さんが初めてだし、だから……どうなんだろう。あ、でも無理に決まってますよね。こんなムチャクチャな申し込み、高野さんには迷惑だってわかってたんだけど……すみません、なんか俺……」

「……いいよ」

「え？」

「いいよ。桐谷が、俺でいいって言うんなら」

ほとんど考える間もなく、宏はそう答えていた。何故だか、それはごく自然な流れのように思えたのだ。亘の告白を聞いてもさほど驚きを感じなかったし、自分がイエスと答える事も宏はあらかじめ知っていた気がした。

「いい……んですか……」

反対に、亘はかなり拍子抜けをしたようだ。スルリと指から手を離し、小刻みに震えるそれを自分の額《ひたい》に当ててから、か細く息をついた。

「なんだ……そうなんだ……」

「桐谷？」

「そうなんだ……」

それきり、亘は長い沈黙に入る。嬉しいともよかったとも言わず、彼はただ黙ってひたすら床だけを見つめていた。

その時を最後に。

亘の瞳が郁也のそれと重なる事は、もうなかった。


『二時間目は、実験室へ移動です』

大幅な遅刻をして足取りも重く教室へ入った郁也は、黒板に書かれた几帳面《きちょうめん》な文字を欠伸《あくび》交じりに黙読する。

一時間目は体育だったので、まだ皆は戻ってきていないのだろう。教室には他に生徒の姿もなく、このままボンヤリと友人を待つのもかったるかったので、仕方なく郁也は一足先に実験室へと向かった。

また、夏がやってきたな。

窓から渡り廊下に差している四角い日差しを見て、郁也はため息と共にそう呟く。

冷夏だった去年とは違い、今年の夏は暑くなりそうだとニュースで言っていた。梅雨明け宣言はまだだが、暦《こよみ》は七月に入ったのでその予想にもだいぶ説得力が出てきている。

宏との気まずい一件があって以来、郁也は海や市民プールへは行った事がない。今年も多分、退屈で息苦しい夏を過ごすだろう。

唯一の救いがあるとすれば、市民プールが今年限りで閉鎖になる事だ。来年の夏に向けて、もっと広い敷地に新しいプールが建設されるのだという。苦い思い出が一つ減るだけでも、郁也にはだいぶ有難かった。

ちょうど実験室の前まで来た時、タイミング良く終了のチャイムが鳴り出した。

このノンビリとした音色が、また眠気を誘うんだよな。

頭の隅でそんな事を考えている間に、一時間目に実験室を使用していたC組の連中がぞろぞろと廊下へ出てきた。

「なんだよ、沢渡じゃねーか。おまえ、一限サボリかぁ」

顔見知りの何人かが、憎まれ口を叩きながら通りすぎて行く。それに軽く応じながら、郁也はふと目線を上げた。その視線の中央に、まるでカメラの焦点を合わせたように宏の姿が鮮やかに飛び込んできた。

相変わらず、と郁也は心の中で小さく呟く。

相変わらず、デカイな、宏。

昔っから群集でも一際目立っていて、どこにいてもすぐにわかった。いつ見かけても、ちょっと小難しい顔をして凛と涼しげに立っている。長身の割に背がしゃんとしていて猫背にならないのは、剣道のお陰だといつか本人から聞いた事があった。

「……よう」

ぎこちなく、宏が片手を上げて挨拶《あいさつ》を寄越した。

口数こそ少ないが、宏は郁也を見かけると毎度律儀に声をかけてくる。いくら無視しようが、それはずっと変わらなかった。

「…………」

目を逸《そ》らすタイミングを逸《いっ》してしまい、郁也は宏を見つめたまま凍りつく。

これまで、なるべく宏には近寄らないようにしていたので、こんな間近で顔を合わせてしまったのは不覚に他ならなかった。自分でも、顔が強張《こわば》っているのがよくわかる。

「……よう」

かろうじて、掠《かす》れた声を喉《のど》から絞り出した。それから、郁也は急いでその場を立ち去ろうとしたのだが、意外にも宏は「沢渡」と名前をはっきりと発音してきた。

「沢渡、あのな……」

「えっ……俺？」

一体どうしたって言うんだろう。

いつもなら、せいぜい挨拶止まりで終わっている筈だ。宏が声をかけてきたのも、何かの間違いではないかと郁也は思った。

「あのな……なぁ、沢渡、聞いてんのか？」

「き、聞いてるよっ」

思わず、大きな声が出た。気がつけば、何度も噂の渦中になった二人の対面に他の生徒たちがそれとなく好奇の目を向けている。あまりの居心地の悪さに、郁也はすぐにもこの場から逃げ出したい気分になった。

「なんか、まずいな」

宏も、同じ事を感じたようだ。顔をしかめて、ぐるりと周囲を見回している。その様子を見ていたら、なんだか郁也はイライラとしてきた。

困るくらいなら、話しかけたりなんかしなければいいのだ。投げやりな気持ちで、フンと鼻を鳴らして言ってやった。

「皆、面白がってるんだろ。女を奪った奴と、奪られた奴が顔を突き合わせてんだ。おまえ、もう教室へ戻れよ。俺といたら、また何か言われるぞ」

「沢渡……」

「気安く、人の名前を呼び捨てにすんな」

「だったら、こっち向けよ。そんな風に、そっぽ向かなくたっていいだろ」

「おまえの顔を見てると、こっちは首が凝《こ》るんだよっ！」

イライラが頂点に達した郁也は、少々乱暴に声を張り上げる。

宏のテンポは昔から独特で、どれだけ相手が興奮しようが決して引きずられる事がなかった。それはどんな場面でも決して変わらず、その淡々とした対応には歴代の彼女たちもけっこう泣かされてきたようだ。

けれど、郁也は知っていた。

本当は、宏は穏やかな表情の下で目まぐるしくいろんな事を考えているのだ。郁也は全てを感覚で判断するが、宏は受けた印象を大事にする。相手の空気や声や表情から発信されたものを、何度も反芻《はんすう》しながら会話についてくるのだ。

宏くらい、向き合う相手を大事にする人間はいない、と郁也は思う。

ただ、あまりにもそれがわかりづらいため、結局はないがしろにしているのと変わらない結果を生んでしまうのだ。宏自身がその不幸に気づいているかどうかは、誰にもわからないことだった。

休み時間という事もあり、二人に集まる視線も少しずつ増えている。冗談じゃないと郁也が再び立ち去りかけた時、宏がいきなり左腕を摑んだ。

「ここだと、ちょっと煩《うるさ》いな。沢渡、来てくれ」

「えっ？」

来てくれ、と言った時には、もう郁也を引っ張って歩き出している。不意を衝かれたせいか思うように逆らう事もできず、郁也もそのままついていくしかなかった。

「な、何だよっ。高野、放せよっ」

「いいから。少し、おまえと話がしたいんだ」

二の腕を摑まれているので、生地を通して宏の体温が伝わってくる。宏の指も手のひらも、まるで熱に浮かされているように熱かった。

廊下の突き当たりに、非常階段がある。宏は迷いもせずにそちらへ進むと、自由な片手で分厚い鉄の扉を楽々と押し開けた。

初夏の日差しに晒《さら》された踊り場で、宏は独り言のように「ここなら、いいかな」と声を出す。

「い……いいかなって、何が」

「人が、あんまり来ないだろ」

「ひ、人の来ないとこで、俺をどうしようってんだよ！」

まだ腕を摑まれたままなので、情けないが語尾が少し弱気になった。宏から熱が伝染したのか、腕が凄く熱くなる。腕だけじゃなく、そこから体温がどんどん上昇していくようだ。郁也は、段々と胸が苦しくなってきた。

言えばいいのだ。

たった一言「放せ」と言えば、それでいい筈だ。宏は、嫌がっている相手に無理強《じ》いをするような性格ではない。それなのに、郁也はどうしてもその言葉が言えなかった。

「そんなに構えるなよ。別に、喧嘩《けんか》しようって言うんじゃないんだ。ただ、ずっと沢渡とは話をしてなかったから、一度ちゃんと話がしたいと思ってさ」

「なんで……今日に限って」

「久しぶりに、返事をしてくれたから」

そう言ってから、何故だか宏は照れ臭そうに微笑《わら》った。

「周囲ではいろいろ言われてるけど、今まで沢渡自身に確かめるチャンスがなかったしな。もし、何かおまえに誤解されてる事でもあるなら、ちゃんと聞いておきたいじゃないか」

嘘つけ、と郁也は心の中で思った。

おまえが他人の思惑を気にかけるような奴じゃない事は、よく知っているんだ。他人から誤解を受けようが逆恨みされようが、いつだってどこ吹く風って顔をしているじゃないか。

「……してねぇよ。誤解なんて」

ふて腐れたように、郁也は言った。左腕がじん、と指先まで痺《しび》れている。そんなに強く掴まれているわけでもないのに、と思うとなんだか妙な感じだった。

「そうか。いや、俺が言いたかったのはそういう事じゃなくて。上手く言えないんだけどさ、つまり……気にするなよな」

「何を」

「他の奴らが、何を言っても。俺、本当におまえが『奪った』とか、そんな風には思ってないから。だから、俺に遠慮なんかしないで……」

「誰も、俺に文句なんか言えるもんか」

反射的に、郁也は吐き捨てるようにそう返した。

「彼女に振られたのは、高野の自業自得《じごうじとく》だろ。俺は関係ないんだから」

「ああ……まぁ、そうかもしれないけど」

郁也の口調があまりにつっけんどんなので、宏も気まずそうな顔になる。中学二年の夏休み以来、二人がこんなに長い会話を交わすのは初めてのことだった。

お互いに（変わったな）と思い、また（変わってないな）とも思う。郁也の子どもじみた癇癪《かんしゃく》、宏のマイペースな話し方。三年近くも友達をやめていたのだから、それも当たり前の事だろう。

「高野はご親切にも俺を庇ってくれてるらしいけど、俺は別に感謝なんかしてないからな。俺だって、おまえから『奪った』なんて思ってないし」

「わかってるって。沢渡、そういう自虐的な言い方、やめろよ」

「余計なお世話だ」

畜生。

悔しさが胸にこみ上げてきて、郁也は思わず目を伏せた。

もう少し、マシな事を言い返せないのかよ。日頃の強気は、どこへ行っちゃったんだ。

「沢渡……」

かけるべき言葉が見つからないのか、宏も一瞬黙り込む。二人の沈黙を待っていたかのように、鼓動がやけに大きく響いた。もし足下のコンクリートに反響しても、それがどちらの発した音なのか、それすらわからなくなるくらいに。

「――腕」

郁也が下を向いたまま、小さく呟いた。

「え？」

「腕、離せよ……」

言われて初めて、宏は自分がまだ郁也の二の腕を摑んだままなのに気がついた。白い半袖シャツには、複雑な皺《しわ》が寄っている。自分の指の形だ。そう思った途端、宏は離したくなくなった。

「離せって言ってんだろ」

重ねて、イラつきながら郁也は言った。

「おまえの指が、きつくてやってらんねぇ」

声は微かに震えているのに、そう気丈に言い張る。ただし、俯いた瞳は頑なに宏を見ようとはしなかった。

「沢渡……どうしてなんだ……」

「…………」

「どうして、いつも俺なんだ？」

宏は、腕を離さなかった。顔を上げようとしない郁也に、更に語気を強めて問いかける。言葉にしてからようやく、宏は自分が本当に訊きたかった事が何かを知った。

「答えてくれ、沢渡。どうして、いつも俺なんだ」

「どうして……って……」

授業開始のチャイムが、ゆったりと流れてくる。しかし、宏は許してはくれなかった。郁也の表情がよく見えない分、余計に気持ちがジリジリとしているのか、真実を聞き出すなら今が最初で最後だと言わんばかりの迫力だった。

「答えろ、沢渡」

「おまえが、嫌いだからだよっ」

郁也の声は、ほとんど叫びに近かった。悲痛な音は周囲に跳ね返り、残響が宏の心に容赦なく突き刺さった。

「き……嫌いって、なんでだよ……」

しばらく絶句した後で、宏はようやくそれだけを口にした。もちろん、郁也の答えを期待して言ったわけではない。恐らく、言わずにはいられなかったのだ。

郁也の態度から好かれていると思ってはいなかっただろうが、まさかここまではっきりと言葉にされるとは予想もしていなかったに違いない。

第一、宏の方は郁也に嫌われるような覚えがまるでないのだ。だから、一方的な拒絶に対

して、全然納得ができない顔だった。

「腕……」

性懲《しょうこ》りもなく、郁也はくり返した。それから、ゆっくりと顔を上げると、持ち前のきつい眼差《まなざ》しで宏をキッと見据えた。

「離してくれたら、教えてやる」

それで、宏は腕を離した。よほど強く力を入れていたのか、摑んでいた手はすでに感覚が無くなっている。細くて頼りなげな郁也の腕が、ほうっと息をついたような気がした。

約束通り、郁也は口を開いた。

「今まで黙ってたけど、本当の事を言ってやるよ。さっき、おまえの彼女を奪った覚えはないって言ったけど、あれは嘘だよ。高野に新しい彼女ができたって聞いたら、俺はいつも思うんだ。今度は何ヵ月かなぁって。何ヵ月で、そいつを落とせるだろうって。そうさ、はっきり言うよ。俺は、『奪って』たんだ。マネージャーの森山も入れて、四人全部な。そのためなら、なんだってしてやるさ。これからだって、おまえに彼女ができたら、俺はまた同じ事をする」

「…………」

「最初は、中学二年の時だったよな。二学期の期末が終わった頃、おまえテニス部の吉田《よしだ》に告白されただろう。俺、その時には付き合いかけてた女の子がいたけど、そいつを振って吉田に近づいた。少し時間はかかったけど、その年のクリスマスを彼女と一緒に過ごしたのは、結局おまえじゃなくて俺だったよな」

どこで話を止めていいのかわからなくなり、郁也は歪《ゆが》んだ笑顔を宏へ向ける。自分がどれほど醜い表情をしているのか、鏡で見てみたいものだと思った。

「あれから、ずっと同じだ。俺は高野の彼女を横取りする。おまえは飽きもせずに、また別の女と付き合い出す。そりゃ、そうさ。好きだと言われれば、高野は絶対に断らないんだからな。おまえみたいにチョロい相手は、他にいないだろうよ」

「沢渡……」

「高野、悔しいか？　悔しいかよっ。ざまあみろっ」

「何で……」

呆然《ぼうぜん》としながら、宏は低い呟きを漏らす。だが、それは郁也の話に衝撃を受けたからではなかった。

今まで、これだけ激しく他人から感情をぶつけられた事があっただろうか。

こんな場合だというのに、宏は息を飲むほど郁也に見惚《みと》れていた。郁也は子どもっぽい癇癪ならよく起こしたが、目の前にいるのはまるで別の生き物のようだ。

「何とか言えよっ！」

瞬《まばた》きする間も惜しむように、宏が自分を見つめ続けている。その眼差しに耐え切れなくなった郁也は、思わず宏を乱暴に突き飛ばした。宏は僅かによろめいたが、視線は揺らぎもせずにこちらへ向けられている。

郁也は、再び声を張り上げた。

「何とか、言えったら！　俺は、おまえの大事な奴を奪るって、そう言ってるんだぞ！」

「——それは無理ですよ」

場違いなほど冷静な声が、突然割って入る。続けて、ドアノブがゆっくりと回された。

「なぁんだ。こんなとこにいたんですね、高野さん」

「桐谷……おまえ、授業はどうした？」

扉の向こうから顔を見せたのは、郁也と同じクラスの桐谷亘だ。桐谷の姿を見るなり、宏の両肩からホッと力が抜けていく。二人を包んでいた緊迫感が、亘の出現と同時に生温《なまぬる》い風に攫《さら》われていった。

「どうしたって、俺の方が訊《き》きたいですよ。もう、とっくに二時間目が始まってるのに。何で、こんなとこに二人っきりでいるんですか」

亘はにこやかに話しながら、気安く宏の左腕を引き寄せて自分の腕時計を見せる。

「ほら、もう授業を二十分も過ぎてる」

「なんなんだよ、おまえ」

やたらと宏に馴れ馴れしい亘に、郁也の尖《とが》った声が向けられた。

だが、亘は初めて郁也の存在に気がついた、とでも言いたげな顔で、ちらりと視線だけを投げて寄越す。

「あ、沢渡か。行方不明だって、皆が言ってたよ。早く行けば」

「……おまえこそ、ここへ何しに来たんだよ。それに、さっきの『無理だ』ってどういう意味なんだ？」

「だから、言葉の通りだよ」

ニッコリと、亘は自信に満ちた笑みを見せた。同じクラスにいながら、郁也は彼のこんな不敵な笑顔など見た事がない。それどころか、亘と宏の仲がよいなんて初めて知った。

そういえば桐谷も剣道部だっけ、とおぼろげな記憶を辿《たど》っていたら、再び亘が口を開いた。

「ねぇ、沢渡。君は、高野さんの次の恋人も奪るつもりなんだよね？」

「え……」

「だけど、今言ったように残念ながらそれは無理だよ」

そう断言する亘の瞳は、とても冗談を言っているようには見えない。妙な気迫に気圧《けお》された郁也は、珍しく抵抗する言葉を失った。

「ちょっと待て、桐谷。余計な話は……」

「なんで無理なのか、理由を教えてあげようか？」

宏のセリフを遮って、亘が一歩こちらへ踏み出してきた。無意識に、郁也は一歩後ずさる。

その後ろには、下りの階段が続いていた。

「沢渡……」

「な……なんだよ……」

「次に狙うのは、俺になるからね」

「え……？」

言葉の意味がよく飲み込めなくて、郁也は思わず亘を見返す。際立った容貌にも拘《かかわ》らず静かな印象の拭《ぬぐ》えなかったクラスメートを、目の前の人物と置き換えるのは至難の業《わざ》だった。

亘は、困惑する郁也を満足げに見つめてから、おもむろに告白した。

「今、高野さんと付き合ってるの俺なんだ」

「付き合うって……」

「だから、高野さんの最新の恋人は俺なの。わかった？」

「う……そ……だろ……」

郁也の驚きぶりは、かなり亘のお気に召したらしい。彼はますます浮き浮きした口調になり、宏の苦い表情など顧みる事もなく頷いた。

「嘘なんかじゃないさ。要するに、沢渡は高野さんから俺を奪らなきゃいけないわけだ。どうかな？　君にできると思う？」

「桐谷、いい加減にしとけよ」

宏が滅入った声を出し、亘の背中を力なく叩く。

しかし、思いもかけない事実を知らされた郁也にとっては、最早いい加減では済まない問題になっていた。

かつて、郁也は女の子といる宏なんて、と思った事がある。

だが、その理屈でいくと今度の件はどう解釈すればよいのだろう。あろうことか、高野と『男』を取り合わなきゃいけなくなるなんて、どこから話が狂ったのかまるでわからない。

わかっているのは、ただ一つ。

亘が、やたらに楽しそうだという事実だけだった。

「なんだか、沢渡、惚《ほう》けてるみたいだな。仕方ないから、先に行きましょうか」

「おい、桐谷……」

「いいから、いいから。今なら、まだ後半の授業に間に合いますよ」

気がかりそうな宏を追い立てて、亘はドアノブに手を掛ける。そこで、何か思うところがあったのか、さっきから身じろぎもしない郁也へちらりと視線を流した。

「——沢渡」

「え……」

「楽しみに待ってるよ」

返事を待たずに、亘は宏と共に校舎の中へ戻っていった。

郁也は、非常階段で一人きりになった。

宏とのやり取りや亘の陽気な声は、まだ鮮やかに耳に残っている。

「高野と桐谷が……」

二人が付き合っているなんて、何度反芻《はんすう》してみても悪い冗談にしか聞こえなかった。けれど、宏が否定しなかったのだから、きっと本当なんだろう。郁也が横槍《よこやり》を入れないためのカムフラージュにしては、同性の恋人なんて発想が少々飛びすぎている。亘がどんな風に口説いたのかは知らないが、宏を頷かせるに足る魅力をきっと持っていたのだ。

だから、二人は恋人同士になった。それが世間に通用する形であるかどうかはともかくとして、互いを特別な相手に選んだのは事実だ。宏は性別を越えて亘を選び、自分の中に亘の居場所を作った。

「高野……」

突然、腕が痛んだ。宏の摑んでいた、左腕だ。

郁也はそっと、その上に自分の震える右手を重ねた。

「高野さん、何か怒ってませんか」

「当たり前だろ。どうして、沢渡にあんな事、言ったんだ」

教室へ戻る途中、宏が珍しく険しい口調で抗議する。思っていたよりも、亘ははっきりした性格の持ち主だったようだ。あれでは、郁也に喧嘩を売っているのも同然だ。

「あんな余計な話をして、どんな得があるって言うんだよ」

「ちょっと、沢渡を挑発してみようと思って」

「挑発……？」

「ええ。案の定、あいつ凄く驚いてたじゃないですか。なんか、胸がスッとしたな。今までさんざん好き勝手してきたんだから、少しぐらい驚かせてやらなくちゃ」

「何、考えてるんだよ……」

他に言い様もなくて、宏はため息をついてしまった。自分たちが同性同士である以上、迂《う》闊《かつ》に公表できないカップルだという事もあるが、亘が望むなら宏は誰にバレても構わないと思っている。大騒ぎにはなるだろうが、それも皆が飽きるまでの辛抱だ。郁也との確執でさんざん騒がれ慣れている宏にとっては、さしたる問題ではない気もしていた。

けれど、今日の場合は違う。

亘は、意図的に郁也を傷つけようとした。そのためだけに、自分たちが恋人同士だと打ち明けたのだ。そんなやり方は嫌だったし、今も不快な後味が胸を重くしていた。ただ、亘の気持ちが自分を思いやってのものだと理解していたので、これ以上彼を責めるのはやめる事にした。

「あれ、B組は実験室を使うんじゃなかったのか？」

実験室の前を素通りする亘へ、宏は不可解な顔で問いかける。

「いいえ、俺のクラスは英語ですよ？」

「………」

それなら、どうして郁也は外の廊下にいたのだろう。おかしいな、とは思ったが、宏はとりあえず当面の問題に話題を戻した。

「ともかく、沢渡に変なちょっかい出すなよ」

「どうしてですか」

「あいつが嫌ってるのは、俺なんだ。桐谷が首を突っ込む問題じゃない。大体……」

そこまで言いかけて、ふっと宏は黙った。何事かと、亘が無言で続きを待っている。

やがて、宏の唇に苦笑が刻まれた。

「なんだか、俺たち付き合ってるって感じじゃないよなぁ」

「あれ、ドキドキしませんか？」

亘の口調は真剣だったが、瞳は面白がっている。本当に、こいつの目はよく感情を表すな、と宏は内心感心した。

「ドキドキか……。悪いけど、俺あんまりそういうの感じた事ないんだよな」

「胸が切ないとか、痛むとか……そんなのは」

「う〜ん。そういう、ドラマみたいなのもないなぁ……」

「呆れるほど、正直な人ですね」

いつの間にか、二人とも歩調がゆっくりになっていた。

やがて、亘の瞳がくるっと動く。

「まぁ、いいでしょう。そういうのは、これからでも」

将来は、医者か弁護士になります。

亘の口調は、ちょうどそんな風だった。


翌日の校内で、ちょっとした事件が持ち上がった。郁也が一部の女生徒たちに、つるし上げを食らったというのだ。宏の四人目の彼女だった森山に呼び出されて、昼休みに出かけたきり午後の授業に出なかった事で噂は決定的になった。

目撃者の話によれば、郁也を囲むようにして、かつて宏から郁也へと鞍替えした女の子たちが軒並み顔を揃《そろ》えていたという。異質なグループは人目を避けるように裏庭へと移動し、中央の郁也がどんな様子でいたのかまでは確認できなかったようだ。

しかし、森山をはじめとする女の子たちは全員午後の授業には出ていたらしいので、郁也だけがサボったのだという事も考えられる。宏の元カノ三名は一様に口を閉ざしていたので憶測ばかりが飛びかい、誰も真実へはたどり着けなかった。

「さて……と」

亘は、放課後の教室で教科書をまとめていた。今日の部活はミーティングのみで、その後は宏と一緒に帰る約束になっている。やっている事は友達同士となんら変わらないが、お互いに性格が悠長なのかどちらからも不満は出ていなかった。

しかし、さすがに「付き合う」の定義からいけば、そろそろ次の段階も意識した方が良くはないだろうか。一緒にいても宏からは剣道の話ばかりが振られ、少しも甘い展開にはならないのだ。

私服で会った事がないからかな、と亘はふっと考えた。

付き合い始めて二週間余り、夜の長電話すら一度もしていない。これは相手が男だからなのか、それとも宏だからなのか、亘には判断がつきかねた。

「あれ？」

ノートを鞄《かばん》に詰め込んで席から立ち上がった時、廊下がいきなり騒がしくなった。

漏れ聞こえてくる言葉の端々から察するに、どうやら放蕩《ほうとう》息子が無事に帰還してきたらしい。しきりと「無事だったたか」だの「拉致《らち》されてたのか」だのと、穏やかでないセリフが飛びかっている。

亘が廊下へ出ると、四、五人の生徒の真ん中に案の上郁也の姿が見えた。物騒な噂が出た割には顔色も良く、服装にも乱れたところがない。そのまま郁也を無視して通り過ぎようとしたら、鋭い声音で呼び止められた。

「桐谷、ちょっと待てよ」

「ご乱行の報《むく》いがきたんだってなぁ、沢渡」

足を止めた亘は、ゆっくりと郁也の頭から爪先《つまさき》までを一瞥《いちべつ》する。それから、いかにも残念だと言いたげな表情で首を横に振った。

「なぁんだ。おまえが女生徒に乱暴を受けたっていうのは、ガセだったのか。因果応報って言葉を少しは信じていたんだけど、ガッカリだな」

「澄ました顔で、よく言うぜ」

郁也も負けじと、冷ややかな眼差しを投げ返す。会話に置いてきぼりを食らった他の生徒は、呆気に取られながら事の成り行きを見守っていた。彼らにとっては、いつもおとなしい亘の陰険な口調も耳慣れないが、郁也の本気で怒気を含んだ声にも免疫がなかったのだ。

「桐谷、とぼけてんじゃねぇよ」

両腕を組み、偉そうに顎《あご》を上げて郁也は言った。

「おまえが、裏で森山たちを焚《た》きつけたのはわかってんだ。ちゃんと、彼女たちから聞いたんだからな。何のためにそんな事したんだか知らねぇけど、ちょっとはやり方を考えろ。おまえの悪どさには、マジでついていけねぇよ」

「……焚きつけた？　俺が？」

「ご丁寧に、三名全員をな。もし、高野の中学時代の彼女がウチの学校の生徒だったら、きっとそいつまで巻き込んでたことだろうよ。助かったよ、女子校行っててくれて」

「三人に囲まれて無傷なら、大したもんじゃないか」

「なんだと……」

「どうせ、高野さんから奪った後は皆ポイ捨てしたんだろ。沢渡、一度も特定の彼女作らなかったもんな。付き合う気もないくせに、なんで横槍を入れたりするんだよ。恨まれたって、当然じゃないか。おまえに健全な友達がいる事自体、俺は不思議でしょうがないよ」

少しも怯《ひる》まずに堂々と言い返す亘に、郁也が一瞬気色《けしき》ばんだ。

ずっと控えめな転校生を演じていたくせに、こいつはとんだ食わせ者だ。

その場にいた全員が同じ感想を抱き、亘に対する認識を即座に改めた。

「……俺が彼女たちに恨まれてるなんて、桐谷の勝手な思い込みだろ」

「そうかな。引《ひ》っ掻《か》き傷くらいは、作ってくると思ったんだけど」

「期待に添えなくて悪いけどな、生憎《あいにく》とそういう話じゃなかったんだよ。第一、そんな真似があいつらにできるもんか。彼女たちは皆、俺の事が好きなんだからな」

「な……っ……」

思わず絶句する亘の前で、感心したギャラリーたちからパラパラと拍手が出る。郁也の言葉がでまかせでない事は、誇らしげなその顔を見れば一目瞭然《りょうぜん》だった。

計算違いを悟った亘は、すぐさま頭を切り替える。わざとらしく沈黙をした後、僅かに眉をひそめて大人びた表情を作り、思わせぶりな口調で言った。

「高野さんとも、そうやって素直に付き合えばいいのに」

「なんだと……」

「俺に対する時のように、思っている事を口にしなよって言ってるんだ」

「………」

ため息混じりのセリフは、優位だった郁也をたちまち混乱に陥れる。

亘がどこまで宏と自分の関係を知った上で言ったのかはわからなかったが、やっぱり気の許せない奴には違いないと思った。

「桐谷が、俺を嫌ってるのは今日の一件でよくわかった」

「今日だって？　遅い。遅すぎるよ、沢渡」

「そうだな。今まで、おまえなんか眼中になかったんだから、それはしょうがないよな」

すかさずきつい一言を浴びせると、さすがに亘もグッと詰まる。郁也の言葉は思いの外効果があったようで、亘は微かに頬を紅潮させるとそのまま黙り込んだ。

「森山たちは、俺を心配してくれたんだよ。おまえが、俺に関してある事ない事を彼女たちに吹き込んでくれたお陰でさ」

「ある事ない事……？」

「高野と俺が非常階段で大喧嘩してたって、ずいぶん脚色して流しただろ。自分たちが原因でそうなったのかって、青くなって尋ねられたよ。あんまり、女の子を苛《いじ》めんなよな」

「そんなの、身勝手な理由で高野さんを振ったんだから、自業自得じゃないか」

「おまえに、何がわかるんだ」

低く抑えてはいたが、その声には深い怒りが込められている。

亘は再び口を閉じると、二人を見守るギャラリー同様に居心地の悪そうな顔をした。

「いいか、桐谷。いい機会だから、皆の前で言っておく」

「………」

「俺と高野の事には、今後一切口を出すな」

「出すなって言ったって、無理な相談だ。第一、俺と高野さんは……」

「おいっ！」

公衆の面前で、こいつはいきなり何を言い出すつもりなんだ。

慌てた郁也は、咄嗟《とっさ》に亘の口を右手で塞《ふさ》ぐと素早い動作でヤジ馬たちに向き直った。

「おまえら、いつまで見てんだよッ！　さっさと散れッ！　散れったら！」

郁也の一喝で一同は名残《なごり》惜しげに去っていき、ようやく郁也は忌《い》ま忌ましげに手を離す。

思いもかけない狼藉《ろうぜき》を受け、亘は憮然《ぶぜん》として郁也を睨《にら》み返した。

「何するんだよ、沢渡。俺に、何も言わせないつもりか？」

「当たり前だ。男同士で、付き合うも何もあるもんか」

郁也は、刺《とげ》のある言い方をわざわざ選んで言ってやる。ところが、亘の返事は意外にも「その通りだよ」というものだった。

乱れた着衣を直しながら、平然とした顔で亘は続けた。

「本気で騒いでるのは、あんただけだ」

「なんだと……」

「俺と高野さんがカップルだなんて話、普通は本気にしやしないよ。まして、こんな人前で言ったって、つまんない冗談だと思われるのがオチだ。それなのに、あんなにムキになるなんて……そっちの方がどうかしてる」

「…………」

言われてみれば、それももっともだ。

返す言葉のない郁也を、不透明な亘の眼差しが包んだ。

「沢渡、どうやって俺を口説く？」

「は？」

「高野さんの恋人は、おまえが全部横取りするんだろ。俺、言ったよな。楽しみだって。歴代の彼女たちも、そこら辺の成りゆきは詳しく教えてくれなかったし。だから、沢渡が身をもって実践してくれるまで、おまえの口説き方は永遠に謎ってわけだ」

「……口説き方って……。桐谷、おまえなぁ」

文句を言おうと詰め寄った身体《からだ》を、亘は指先で丁寧に押し返してくる。ついでにフフンと鼻で笑われて、ようやくからかわれていた事に郁也は気づいた。

「……桐谷。俺たち、一度ゆっくり話をする必要があるな」

「あ、いけね。俺、もう行かなくちゃ」

「逃げるのかよッ」

「これから、高野さんと待ち合わせしてるんだ。それじゃ」

咎《とが》めるような視線を軽々とかわして、亘は早足で階段を降りて行く。その後ろ姿は軽快そのもので、冗談にしかならない恋をしているようには映らなかった。

「ケッ。待ち合わせだとよ」

腹立ちまぎれに、郁也は口の中で毒づく。

けれど、その響きの弱々しさには、我ながら胸の詰まる思いがした。

「今日の昼休み、沢渡が女の子に囲まれたって話聞きましたか？」

駅まで十分足らずの通学コースを、幾人もの通行人に追い越されながら亘と宏は歩いている。普段よりもずっと歩みが遅いのは、亘の歩く速度に宏が合わせているからだ。

亘は幼い頃に事故で足を痛めた事があって、完治するのにけっこうな時間がかかった。その時に、なるべく足に負担をかけないで歩く癖が染みついたのだ。剣道の練習でもよく注意を受けるのだが、本人はあまり直す気がないようだった。

「知ってるよ。桐谷が部室に来る前、森山と話したから」

「マネージャーと……。そういえば、彼女も囲んだ中にいたんですよね」

「囲むだなんて、穏やかじゃないな」

「彼女、何か言ってましたか？」

「うん……まぁいろいろとな。でも、メインは夏休み前の対外試合の話。先輩が引退して最初の大会になるからな。期末試験が終わったら、すぐだし」

「対外試合かぁ」

剣道を始めて半年にもならない亘は、まだ試合に出場した経験など一度もない。県大会ベスト4の高野が在籍するだけあって剣道部にはなかなか優秀な選手が揃っており、残念ながら亘に出場のチャンスは回ってきそうもなかった。

「元カノと二人っきりでも、そんな色気のない話しかしないもんですか」

「今は、選手とマネージャーだ。関係ないよ」

「高野さん、冷たいな」

「え。そうかな……」

どうして、そこで亘が怒るのだろう。

わけのわからない宏は、そういえば似たような事を言われたばかりだ、とつい先刻までのやり取りを思い返してみた。


『宏は、ちょっと冷たいね』

ミーティングが終わり、他の部員が帰ってしまった後。

ほとんど独り言めいた響きで、森山はそう言った。

『だから、あなたと別れちゃったんだけど……あの時はごめんなさい』

気の強い彼女は、笑顔すら浮かべていた。それから、返事に戸惑っている宏を愛《いと》しそうに見つめると、また告白をやり直した。

『ううん、冷たいってわけじゃなかった。多分、私を本気で好きじゃなかっただけよ。それとも、私も……と言うべきなのかな……』

『森山……』

『だけど、仕方ないよね。私が一方的に好きで、強引に付き合ってってって迫ったんだもん。今から考えると傲慢《ごうまん》なんだけど、変えられるって思ったんだよね。きっと、宏の気持ちを変えてみせるって。世の中には頑張ってもどうしようもない事があるんだって、まだわからなかったから。一番近くにいれば、一番愛されるって思ってた』

『……………』

『でも、そうじゃないんだよね。誰より遠くにいる筈の相手が、死ぬほど恋しいって事もあるわけだから。うん。いろいろ勉強になったよ。ありがとね』

宏は、微笑む彼女に何も言えなかった。

深みを帯びた仕種や表情が、一足飛びに森山を大人にしたように見える。森山だけでなく、かつて付き合った少女たちは全員、自分に関わっていた頃よりもずっと綺麗になっていた。それは不思議な符号のように、ただの一人の例外もなかった。

『だけど、沢渡くんには泣かされたなぁ』

大事な思い出のように、続けて森山は呟いた。

『泣かされた……』

『あ、別に悪い意味じゃないのよ』

喜怒哀楽に乏しい相変わらずの宏に苦笑し、彼女は黒目がちな瞳をうっすらと細める。

『あなたを好きでいる事が、どれだけ私を悲しくさせていたか。それを、沢渡くんが教えてくれたの。彼がいなかったら、私はきっと宏を恨んでいたかもしれない。私だけじゃなくて、他の女の子もきっとそうだと思うよ』
だから、お願い。これは、私たちからのお願い。
彼を……沢渡くんを。
――嫌わないで。

「……ますか？」

「え？　ごめん、聞いてなかった」

唐突に話を振られて、宏は回想から引き戻された。

「悪かった。何の話、してたんだっけ」

「今日、家に寄りますかって聞いたんですけど」

「家って、桐谷の？」

「そうです。俺の家です」

間抜けな返答にも屈せず、亘はもう一度くり返した。

「俺のとこ、父親は単身赴任してるし、母親は夜勤の日だからもう出かけてます。だから、これから来ますかって誘ったんですけど」

「単身赴任と夜勤……」

要するに、家には誰もいないと亘は言っているのだ。それをわざわざ前置きして誘うからには、やはりそれなりの意味があるのだろう。友達同士なら深く考える必要はないが、一応自分たちは付き合っているのだし、そうなると気楽に頷くわけにもいくまい。

「……迷ってるんですか？」

「いや……」

図星を指された宏は、ますます返事に困ってしまった。だが、亘はそういった反応を楽しんでいるらしく、悪戯《いたずら》めいた表情で更に追い打ちをかけてくる。

「高野さん、俺たちって付き合ってるんですよね？」

「……うん」

「俺も男と付き合うのは初めてだから、興味あるんですよ。いろいろと」

なんだか、新作のゲームを買ったので一緒にやってみましょう、と言われているような感じだ。

道場で告白をしてきた亘には、ある程度切羽詰まった空気があったのに、この変わり様には宏も戸惑わずにはいられなかった。

多少のためらいはあったものの、仕方なくはっきりと宏は言ってみた。

「正直に言うと、俺は桐谷に欲情した事がない。だから、できるかどうかわからないぞ」

「ひどいなぁ。俺と付き合ってて、そんな風に言うなんて」

「……ごめん」

「謝られても、困るんですけど……」

言葉ほど傷ついた声でもないが、さすがに亘は元気をなくしたようだ。駅はもう見えていたが、亘は歩くのを止めると宏を促して通路の左端へ身体を移した。

もしかしたら、別れ話かもしれない。

宏は、内心で覚悟を決めた。そうなると、今までの最短記録という事になるが、自分の態度がこんなにいい加減では亘に振られても無理はない。

告白をされた時、亘を愛したいと思ったのは嘘ではないが、思うのと実行するのとでは天と地ほども違う。亘なら、ゆっくり待ってくれるだろうという甘えがあった事に気づき、宏はそんな自分の調子の良さを恥ずかしく思った。

だが、それは宏の杞憂《きゆう》だったようだ。亘の口からは、意外な第一声が放たれた。

「沢渡が……」

「え……」

ドキン、と大きく宏の心臓が鳴る。

この後に及んで、亘はまた郁也に話題を戻そうとしている。大嫌いだ、と言いながら、亘はいつでも郁也の存在を意識しているのだ。

「あいつ、意地でも俺を口説き落とすって決めたら、どういう手を使うと思います？　なんだか、いざとなったらさっきの高野さんと同じ事を言いそうじゃないですか。相手が女の子なら好みでなくても勢いでどうにかできるけど、やっぱり男となると本能がストップかけそうな気がしますよねぇ」

「…………」

「沢渡がどんな風にアプローチを仕掛けてきたか、本当は森山たちに聞いてみたかったんだけど。でも、彼女たち本当に口が固くて。何も聞き出せないのが癪《しゃく》だったから、高野さんと沢渡が大喧嘩して、その原因が君たちなんだよって言ってやったんです。そうしたら、皆して沢渡くんと話さなくちゃとか言い出して」

「それが、昼休みの騒ぎに発展したのか……」

「結局、何もなかったみたいですけどね。沢渡、本当に要領がいいんだなぁ。でも、俺は女じゃないし、上手く言いくるめられたりしませんけどね」

それなら、おまえはどうしたいんだ。

宏は、無意識に胸の中で亘へ問いかけていた。

もしも郁也が自分へ接近してきたら、一体どんな方法であいつを傷つけるつもりなんだ。

それを、おまえは本当に楽しみにしているのか？　それとも……――。

そこまで考えて、宏はハッとした。すぐ目の前の綺麗に整った顔を見つめ、ほとんど確信に近い思いでそっと呟く。

それとも、おまえは……傷つけられるのを待っているんじゃないのか。

「どうかしましたか、高野さん？」

「え……あ、ごめん。なんでもない。ただ……」

「ただ？」

「おかしいなって思って。男の自分なら沢渡が奪る心配もないって、おまえが最初に言ったんだぞ。それなのに、わざわざあいつを煽《あお》ってるだろう」

「………」

「おまえ、一体何が目的なんだ？」

「高野さんの、関心を引く」

あらかじめ予想していた質問に答えるように、亘はスラスラと明快に答えた。

「俺の？」

「思った通り、高野さんクールだから。派手なパフォーマンスで、あなたの関心を引こうかと思って。そうすれば、少しは嫉妬《しっと》してくれるかもしれないし」

「本当か？　俺に妬《や》かせるためだけに、おまえは……」

「他に理由がありますか？　多少の嫉妬は、愛が燃え上がる原動力になるでしょう？」

話を聞いている内に、なんだか宏は切なくなってきた。

亘を愛しいと思う気持ちは、顔を合わせる度に少しずつだが着実に育ちつつある。けれど、こうして話をしていると自分と亘が向いている方向はまるきり離れていて、何かの小細工や努力などでは到底修正できないような気分になってくるのだ。

そんな宏の気後《きおく》れを、敏感に感じ取ったのだろうか。亘は不意に顔を上げると、目を輝かせて間近から顔を覗き込んできた。

「夏休みに入ったら、どこかに出かけましょうか？」

「いいけど……桐谷、行きたい場所でもあるのか？」

「俺の行きたい場所ですか？　高野さんのリクエストは？」

「俺は……」

かつてデートで出かけた様々な場所が宏の脳裏を駆け巡ったが、どこも亘には似つかわしくない気がする。仕方なく、宏はどんな相手にでも必ず出す条件を口にした。

「俺は、どこでも付き合うよ。ただし、市民プール以外な」

「市民プール？　市民プールって、あの街外れにある古い……」

亘も不可解な顔つきになる。わざわざ言い出すまでもなく、高校生にもなってあんな寂《さび》れた場所へデートに行こうなんて思う者はいないからだ。大人用のプールですら二十五メートルしかなく、子ども用の円形プールは数年前から使用禁止になっている。

だが、宏は頑なな口調でもう一度念を押した。

「とにかく、市民プールには行きたくない。それ以外の場所なら、どこでもいいよ。ただし、部活のない時だぞ。夏休みが明けたらすぐに、今度はインハイ予選があるからな」

「はぁ……」

いつになく頑固に言い張る姿に、亘も些か面食らっているようだ。けれど、もともと興味のない場所だったのか、さして気にした風でもなくニッコリと微笑んだ。

「いいですよ、別に。男同士で海とかプールへ行っても、デートじゃなくナンパに見られるのがオチですからね。でも、その話で思い出したんですけど……」

「なんだ？」

「確か、あそこのプール開きって七月中旬でしたよね。そうしたら、ちょうど今頃はプール掃除のバイトが入ってる時じゃないですか」

「……ああ」

亘が何を言い出すつもりなのか、宏にはさっぱり見当がつかない。仕方なく曖昧《あいまい》な返事をすると、彼はふっと暮れ切った藍《あい》色の空へ視線を移した。

「クラスメイトに聞いたんですけど……」

「うん」

「あそこのプール掃除って、二人一組でやるんですよ。それで、その二人はバイトが終わる頃には必ず両想いになってるって。まぁ、実際は男女で組ませる年は少ないらしくて、あまり信憑性はないんですけど。逆に、カップルでバイトしたら別れるって噂もあるくらいだし」

「幽霊が出るって、小学校の時に聞いた事あるぞ」

「数年前には、バイトしてた男子学生が二人で駆け落ちしたってのもあります」

「男同士で？」

思わず自分の置かれた状況も忘れ、宏が驚きの声を上げる。亘は無邪気な笑い声をあげて、短く頷いた。

「……噂だから。駆け落ちの他には、片方が先にどこかへ消えちゃって残りが追いかけたという説も……。あれ？　死んじゃったんだったかな？　とにかく、まぁいろんな話があるんですよ、あそこには」

「古いからなぁ」

いつの間にか、再び二人は歩き出していた。

夕闇の雑踏よりも今の話の方が、なんだかひどく身近に感じられる。無言で足を運びながら、そういえば片方が病気で死んでしまって残された方が行方不明になった、という悲劇の話だけは聞いた覚えがあるな、と宏は思い出した。その噂を教えてくれたのは郁也で、「絶対、あそこでバイトするのはやめような」と妙に真面目な顔で言ってきたものだ。

でも、そんな噂の数々も今年限りで消えるだろう。市民プールは閉鎖になった後もっと広い快適な場所に再建され、跡地は公団になる予定だと市役所に勤める従兄弟が言っていたからだ。宏はふっと、つい最近電話で話した内容を思い返す。

『そうなんだよな』

母方の従兄弟である由利沢武《ゆりさわたけし》は、感慨深そうな声音《こわね》で呟いた。

『あのプール、とうとう壊されちゃうんだよなぁ』

その響きがあんまり淋《さび》しそうだったので、宏は内心不思議だった。八歳年上の由利沢には昔から弟のように可愛がってもらっているが、市民プールに特別な思い入れがあるなんて今まで一度だって聞いたことがない。

だが、宏の疑問などお構いなしに、由利沢は独り言めいた言葉を口にした。

『あの場所が無くなると、ひどく淋しがる奴がいるんだよ』

それが誰を指して言われたセリフなのか、とうとう宏には訊けなかった。尋ねても教えてもらえないような気がしたし、市民プールが無くなってむしろホッとしている自分が、なんだか申し訳なく思えたからだ。

だが、由利沢は宏の戸惑いに気づいたのか、『実は、高校生の時に一回だけプール掃除のバイトをした事があるんだよ』と自分から言い出した。病気で倒れた友人の、一度きりのピンチヒッターをしたのだと言う。しかし、由利沢はそれ以上詳しくは語ろうとせず、再び過去を振り返るような短い沈黙に入っていった。

『あの夏は、特に思い出深いよ』

電話を切る直前、耳元に飛び込んできた声は、まるきり宏の知らない由利沢だった。

「じゃ、俺はこっちですから。さよなら、高野さん」

「え……？」

ふと気がつくと、亘が明るく右手を上げて反対のホームを指している。つい先刻まで家に誘っていたとは思えない、実にさばさばした態度だ。なかなか現実に戻れない宏を置き去りに、亘はそのままひらひらと手を振りながら、先に改札を抜けて行ってしまった。

「……変な奴」

肩透かしを食らった気分で、宏は苦笑混じりにそう呟く。耳の奥では、亘の散らした言葉の端々がまだたくさん残っていた。

『高野さんの、関心を引く』

『派手なパフォーマンスで、あなたの関心を引こうかと思って』

『沢渡が……』

『あいつ、意地でも俺を口説き落とすって決めたら、どういう手を使うと思います？』

「あ……――」

宏の視界が、突然パッと開けた。

「ああ、そうか……」

　まるでパズルのピースがぴったりとはまったように、その瞬間何もかもが鮮明になっていく。全てを悟った宏は急いで亘の姿を探そうとしたが、帰宅途中の人込みがそれを不可能にしてしまっていた。

「そうだったんだ……」

どこまでも鈍い自分に腹を立てながら、宏は長いため息をつく。

やっぱり、あいつの家に寄ればよかった。

宏は、心の底からそう思った。

亘がそれを望むなら、気が済むまで精一杯抱きしめてやりたかった。


郁也の刺《とげ》のある視線に慣らされてから、一体どのくらいの時間がたっただろう。

一方的に断ち切られた友情は、その理由もわからないまま苦い思い出になろうとしている。

海へ行く計画が市民プールへ変更になった時、宏は風邪をひいたと嘘をついて参加をしなかった。郁也とクラス委員の彼女が連れ立って来るのを見たくなかったし、もともとそんなに興味のあるイベントでもなかったからだ。

だが、その日を境に郁也の態度は頑なになり、二度と自分の前で屈託のない表情を見せる事はなくなった。

悩んだ宏は、誘う相手がバッティングしたのは偶然だし、特に好きだった相手でもなかったからと何度も言ったのだが、郁也には聞こえていないようだった。

だから、諦《あきら》めたのに。

しんどい思いをこらえて、友達の位置まで放棄したのに。

ところが、郁也はそれだけでは許してくれなかった。自分の付き合う相手が次々と郁也へ心変わりした事はさすがに偶然と思えなかったが、自分がそれだけ恋にのめりこんではいなかった証明だと、静かに宏は受け入れてきたのだ。

『沢渡くんが教えてくれたの』

別れたばかりにも拘らず、森山はもう遠い過去のような話し方をしていた。自分は郁也と付き合ってはいない、付き合おうというつもりもなかったと彼女は言ったが、それも今までの彼女と同じ答えだった。

『あなたを好きでいる事が、どれだけ私を悲しくさせていたか』

だから、郁也の存在はそこから逃げるきかっけに過ぎなかった、と。それも、やっぱり何度も聞いた言葉だった。

大切にしていたつもりなのに、その相手をこんなに悲しませるなんて、自分は人間としてどこか欠けているのじゃないか。宏は同じセリフを聞く度に落ち込み、悲しみは澱《おり》のように心の底へ溜《た》まっていった。

そうだ。悲しい気持ちになった時が、宏にだってちゃんとある。だから、彼女たちの言い分はよくわかった。わかりすぎるほどだった。

自分の言葉が、どうしても郁也に伝わらないとわかった時。

宏は、とても悲しい気持ちだった。


それから数日は、何事もなく過ぎていった。

宏と亘は部活を終えると友達のような顔で一緒に帰宅し、それ以上の関係に発展する機会を互いに作らなかった。亘から家に誘われる事もなかったし、宏の方から言い出したりもしない。好きだとか愛してるという類《たぐ》いのセリフなど、もはやそれ以前の問題になっていた。

そんな、ある日。

「なぁ、桐谷。ちょっと待てよ」

部活へ行こうとしていた亘を廊下で郁也が呼び止めた。同じクラスにいながら、郁也が声をかけてきたのは先日廊下で言い合いをした時以来だった。

「……何の用だよ。俺これから部活が……」

「いいじゃん、そう時間は取らせないから。急ぐなら、歩きながら話そうぜ。道場へ行くんだろ？　それならどのみち昇降口まで一緒じゃないか」

「沢渡、何を考えてるんだ？」

わざとらしいほど物柔らかな態度には、何かしら悪意の匂《にお》いがする。訝《いぶか》しんだ亘は、その場に足を止めると黙って郁也を見返してきた。

だが、郁也の方も負けてはいない。よく瞬く瞳を意味深に細め、真《ま》っ直《す》ぐ亘の顔を見つめ返してくる。片手分の会話しか交わした事のない彼らにとって、この沈黙はかつてない長さに感じられた。

やがて、根負けした亘は小さくため息をつき、そのまま歩き出そうとした。その背中をこっちだというように郁也がつっつくので、思わず示された方向へ視線を向けた。だが、そちらは道場とはまるきり反対の方向だ。亘は首を振って、「沢渡、困るんだけど」と冷たく言った。

「もうすぐ期末が始まるから、練習時間は貴重なんだよ。試合が近いんだ」

「そんな事言ったって、どうせ補欠にも入ってないんだろ」

「でも、高野さんの手前があるからね。真面目に頑張らないと」

「だから、時間は取らせないって」

昇降口まで一緒に、と言った舌の根も乾かない内に、しれっとした顔で郁也は言い返す。

この顔が要注意なんだよな、と亘は思った。

態度は少々粗雑でもどこか親しみと可愛げがあって、いつの間にか昔からの友人のような気分にさせられてくる。そのせいで、周囲の人間は郁也を芯《しん》から憎めなくなるのだ。

自分まで巻き込まれてたまるものか、と亘は気持ちを引き締めた。

「俺に話があるんだったら、この場で言えよ。五分だけなら聞いてやる」

「それが、ここじゃまずいんだ。もっと、人がいなくて暗いところでないと……」

「何を考えてるんだ……」

先刻と同じセリフを口にして、亘は再び深いため息をつく。突然、馴れ馴れしくしてきた郁也の真意がまったくわからないからだ。

けれど、郁也は相手の困惑など無頓着《むとんちゃく》に、ここでもないあそこでもないと口の中でブツブツ独り言を呟いた。

「沢渡、俺本当にもう行かないと……」

「だって、桐谷が言ったんじゃないか」

「何を?」

「またまた。忘れたとは、言わせないからな」

騙すためのみに使われる、優しげな微笑を郁也は浮かべた。

「俺の事を口説けって。楽しみにしてるって、そう言っただろ? あれから俺も考えたんだけどさ、さすがに同性を口説いた経験は一度もないんだよな」

「そりゃまあ……そうだろう」

「そしたら、やっぱり実力行使ってのが一番効果的なんじゃないかと思うんだけど」

「え……」

「実力行使だよ。なぁ、桐谷はどう思う？」

「………」

亘の頭は、その言葉を聞くなり真っ白になった。

先日、宏に「家へ来ませんか」と誘ってみた時は、こんな風じゃなかった。少なくとも宏は事態を真面目に考えて、ごく正直に「欲情していない相手に、何かできるとは思えない」と答えたのだ。恋人の発言としてはあまりに不適当だったが、亘は特に腹が立ったりはしなかった。

だが、そんな宏に比べて、郁也の発想はあまりに短絡的すぎる。あの時、亘は郁也もいざとなれば同じような反応をするだろうとうそぶいたが、沢渡郁也という人間は自分の想像を越えたバカか大物だったのだ。

「沢渡……おまえ、自分が何を言ってるかわかってんの？」

「当たり前さ。男同士って女より快感のツボを心得てるから、けっこう癖になるって聞いた事があるんだ。それなら、経験してみてもいいかなと思って。それに、桐谷はルックスもいいから、そこらのブサイクな男とするよか全然ハードル低いんじゃない？」

「ハードル……」

「高野だって、いろいろ利点があるから付き合ってるんだろ、おまえと」

始末の悪い事に、その無邪気な口調を聞いていたら、郁也の言い分はもっとものような気がしてきた。うっかり乗せられてはいけないと、亘は慌てて頭を振る。

何か……何か言わなければ。郁也のペースを崩すような、現実的な何かを。

亘は懸命に頭を使い、周囲に人がいないのを素早く確認してから口を開いた。

「じ、実力行使って言うけど、おまえやり方知ってんのかよ」

「やり方……？」

虚《きょ》を衝かれたような郁也の表情に、手応《てごた》えありと更に突っ込む。

「なんだよ、男同士のやり方だよ。当然、女とやるようなわけにはいかないだろ」

「ああ……まぁ、そうか……」

「沢渡って、もしかして女ともやった事ないんじゃないの」

「ねぇよ」

勢いに乗ってそう言ったら、意外にも郁也は否定をしなかった。

こういう場合、普通は見栄を張るものだと思っていたし、あれだけ女性関係で校内を賑《にぎ》わした男なのだから当然初体験などとっくに済ませていると信じていた。お陰で、亘は逆に引っ込みがつかなくなる。

「ふ……ふーん。じゃあ、尚更《なおさら》問題外だよな。下手《へた》なセックスで俺の事を口説こうなんて、考えが甘いよ。どっかで練習してから、出直してきな」

「じゃあ、桐谷は知ってんだ」

郁也の声が、不意にワントーン低くなった。ギョッとして、亘の表情が凍りつく。追い打ちをかけるように、もう一度郁也はゆっくりと言った。

「なんだよ、桐谷。おまえ、おっとなだなぁ〜。でも、そっちが知ってるなら別に問題ないじゃないか。おまえが、俺に教えてくれればいいんだから。そうだろ？」

「な、なんで俺が……」

「ケチケチすんなよ。要は、ちゃんと気持ち良くなれればいいんじゃないか。多分、高野よりは俺の方が情熱的だと思うぜ。試してみる価値は、あるかもよ」

「あのなぁ、沢渡っ」

「そうか、桐谷は知ってるのかぁ……」

歌うようにくり返す郁也へ、憤然と亘は詰め寄った。

俺たち、高校二年だぞ。十七歳だぞ。そういう人間がいたって、全然おかしい年じゃないだろう。つい、そんな文句を言いそうになって、亘はパッと顔を赤らめる。

そんな風にムキになる方が、よっぽどガキだった。郁也が決して無邪気に感心しているわけではない事は、その意地の悪い笑みを見れば察しがつく。ムキになったら、バカを見るのはこっちだ。

「……女だけだぞ」

渋々と、亘は白状した。

「女だけ……」

「高野さんとは、まだ何もしてないって事だよ。それよか、沢渡こそ変じゃないか。あれだけ彼女をとっかえひっかえしてるくせして、どうして何もしてないんだよ」

「だって、俺、付き合ってないもん」

「そんな事、信じられるもんか」

亘は、呆れて息をつく。一体、誰がそんな戯言《ざれごと》を信じるというのだ。郁也が宏から奪った女の子は、校内だけで三人いる。中学時代の彼女は例外としても、今までの女の子たち全員と清らかな関係だったとは思えない。

ところが、郁也は息がかかるほど間近から亘を見つめると、探るような目付きで言った。

「桐谷だって、人の事は言えないだろ。おまえ、人前ではおとなしくしてるけど、実は意外と外で遊んでるタイプじゃないのかよ？」

「剣道始めてから、夜遊びはしてないよ」

「なんだ、やっぱりそうなんじゃん」

「でも、今好きなのは高野さんだから」

負けじときつく睨み返すと、微かな苛立《いらだ》ちが郁也の目に浮かんだ。

「高野の、どこがいいんだよ」

「どこだっていいだろ。放っておいてくれ」

こんな押し問答を、いつまで続ければいいんだろう。とっくに部活は始まっていて、無断で遅刻した自分の事を宏は心配しているのに違いないのに。

そうは思っても、亘の方もここで中途半端に話を終わらせる事はできなかった。郁也から動いてきたのは、これが初めてなのだから。

予想していたよりもずっとやり方はぎこちない。けれど、少なくとも郁也は「おまえを口説く」と言っている。放っておいたら、この奇妙な三角関係はいつまでもズルズルと続くばかりだろう。

亘は覚悟を決め、真正面からきっぱりと言い切った。

「俺、高野さんが好きなんだ」

「ふーん」

郁也は、あまり興味がなさそうな声を出した。ポーズなのか本心なのか、両手を頭の上で組むと思いっきり伸びをする。それから、まるで何かのついでででもあるかのように、気のない声音で「それはよかったな」と呟いた。

「高野は昔から女にモテたけど、まさか男とくっつくとは思わなかったよ」

「沢渡……」

「でも、あいつらしいか。なんでも、自然に受け入れちゃうからな」

「………」

そんな言葉を聞いていると、摑み所がないと思っていた宏のキャラクターも、案外シンプルに理解できる気がしてくる。亘は宏を恋愛に関して淡白なだけかと思っていたが、恐らくそれは間違いなのだ。

多分、宏は完全に受け身なだけで、自分からは何も欲していないのだろう。あるいは欲する事自体、とうに諦めてしまったのかもしれない。

何かが、あったのだ。宏から情熱を奪うような、とても深刻な何かが。

「桐谷、もう行ってもいいよ」

「え……？」

「おまえを口説くの、やめにしたよ。なんか、気がそがれた」

「か……勝手な奴だなぁ……」

「うん。本当に勝手だな。ごめん」

そう言って亘を見る瞳は、柔らかなだけで何の感情も含まれてはいない。食ってかかるような光は、いつの間にかどこかに消えていた。

「所詮、最初から無理なんだ。おまえを選んだ高野は、正しいよ。どうあがいたって、俺に桐谷は口説けない。奪れないから」

「どうして……」

「頃あいを見て、俺が声をかける。その時点で、俺の目を真っ直ぐに見返して高野が好きだって言えた奴は、桐谷が初めてなんだ。だからだよ」

「………」

「高野は、やっと本当の恋人に巡り合えたのかもしれないな。それが男だったのは、かなり意外なオチだったけど」

亘は、黙った。絶句したと言った方が、正確だろう。黙って、そしていつまでも郁也の顔を静かに見つめ続けた。

「……何だよ？」

「沢渡。まさかと思うけど、まだ気がつかない？」

「なにが」

「実験室の事だけど……」

「はぁ？」

いきなり何を言い出すのかと、郁也は首を傾《かし》げる。

実験室から非常階段へ場所を移し、数年ぶりに宏と二人きりで話をした。ただし、それは何日も前の出来事で、今更話題に出るような事柄でもない。あの時に痛んだ左腕も、すっかり日常に返っていた。

「……わかんないか。あのね、一限目の体育は君がサボった。それから二限目の英語は、俺も沢渡もサボったんだよな？」

「おまえは先に戻ったじゃないかよ、高野と一緒に」

「沢渡、今の話変だと思わないのか？」

「だから、何が」

亘の言い方があまりに回りくどいので、郁也は段々イラついてきた。

体育があって英語があって、それがどうしたというのだ。どっちにせよ両方欠席して、郁也は職員室でずいぶん英語の教師に叱られて……英語……英語だって？

「英語って……だって、二限目は実験室で……」

「あのメッセージは嘘だよ。俺が、黒板に書いといたんだ」

やっとわかったか、と言いたげに亘は頷いた。

「沢渡、よく体育サボるだろう。絶対、二限目から来ると思ってさ。おまえに読ませるために、俺がわざと書いておいたんだ。他の奴らが騙されなくて、よかったよ。それにしても、全然気がつかないなんてちゃんと時間割見た事あるのか？」

「お、おまえ、俺に恨みでもあんのかよ！」

そんな画策までして様子を窺《うかが》っていたのなら、亘がすんなりと非常階段に現れるのも当然だ。宏とのやり取りが仕組まれていたものだと知って、郁也は激しい憤りを感じた。

「いいな、その怒った顔。やっぱり、沢渡は弾《はじ》けてないとダメだよな」

「理由を言え、理由を。まさか、高野もグルだったのか？」

「そんなわけないだろう。俺、この前も言ったじゃないか。高野さんと、ちゃんと話し合えばいいのにって。沢渡と高野さんを見て、ずっとそう思ってたんだ。だから、わざわざチャンスを作ってやったんじゃないか」

「な……なんのために……」

「――沢渡」

亘の表情が、とりわけ厳しくなった。その瞬間、郁也は亘を何年も付き合っている旧知の友のように感じている自分に気がつく。

友人は、言った。

「沢渡、本当にいいのか？　俺が、高野さんと付き合っていても」

「いいのかって……」

しばらくは、どちらも口をきかなかった。そんな質問を亘からされるとは思わなくて、郁也もどう答えていいのかわからなかったのだ。

宏が誰と付き合おうと、それが男だろうが女だろうが、良いとか悪いとか言う資格など自分にはない。だから、考えてみようとも思わなかったし、誰かに尋ねられた事もなかった。

「だって……」

揺らぎのない瞳に見つめられ、郁也は弱々しく身体を引いた。

「だって、しょうがないじゃないか。高野が、そう決めたんだから」

「それなら、なんで……」

「彼女を奪るのかって？　……違うんだ。本当に、いつも高野が振るんだよ。あいつらを」

「高野さんが、振ってるだって？」

今度は、亘が驚く番だった。その場しのぎの言い訳にしては、郁也の言葉には真実味が溢《あふ》れている。亘の頭に、「君たちが原因で、高野さんと沢渡が大喧嘩した」と言った時の森山たちの真っ青な顔が浮かび、郁也のセリフと見事に重なった。

「高野さんが振ったって……そんなのデタラメ……」

「だから、そんなようなもんだって事さ。あいつ、今まで付き合った子のこと、誰も本気で好きじゃないんだ。女の子も、高野の見た目に魅かれてきた子ばっかりで。ほら、高野はカッコいいだろ。無口で渋くて背も高いし、剣道の選手として県下では有名人だし」

「うん……」

「ま、そんなの恋人のおまえなら今更って感じだろうけど。とにかく、高野はそういう奴なんだ。優しくて真面目だけど、大切な部分が抜け落ちている。それで、途中から女の子たちも辛《つら》くなってくるんだよ。せっかく付き合っていても、手応えがない。自分ばかり愛情を注いでいるのが、空《むな》しい行為だって思い始める。女の子は……いや、人はやっぱり愛されていないとダメじゃないか」

その話は、亘にもよく理解ができた。

宏は確かに変わらず優しいけれど、亘から何かを起こさない限り、永遠に平行線を辿るのは容易に想像がつく。多分、宏は亘が望まなければ離れたりはしないだろう。その代わり、情熱を傾けて愛する事もない。

不意に、身体が寒くなった。もう夏は目の前なのに、決して溶けない氷を無理に飲まされたようだ。

亘は呆然と郁也を見返し、勝ち気に思えた瞳が深い悲しみをたたえている事実に気づいた。

「俺は、そういう時に『来れば』って言うだけ」

郁也は、静かな声でそう言った。

「女の子がしんどくなった時、『来れば』って言ってやるんだ。皆、ホッとした顔をするよ。愛されないのは自分のせいなのかって、ずっと苦しんできてるから。だから、彼女たちの気持ちが落ち着けば、俺たちはそこまでの関係なわけ」

「何も……しないのか……」

「正確には、できないんだ。もちろん、高野を忘れたくて迫ってくる子もいるけど。それでも、俺は何もできない。そこまで、高野を裏切れない」

この事は、誰にも言うなよ。

郁也は、そう呟くと亘からようやく目を逸らした。

「沢渡……」

「だけど、俺も時々は辛いからさぁ。自分でも彼女を作ってみようかと思ったりはするんだよ。でも、そんな動機じゃ相手が可哀相《かわいそう》だもんな。そんで、結局フリーってわけ」

「沢渡、俺……」

無意識に口にしかけた言葉に気づき、亘は慌てて唇を閉じた。

今、とんでもない事を口走りそうになっていた。かろうじて止められたからいいようなものの、まだ胸の動悸《どうき》は治まらない。

『ドキドキしませんか？』

これは、いつだったか亘が宏に言ったセリフだ。

郁也の言うところの『大切な部分が抜け落ちている』宏は、それでも恋人に誠実であろうと精一杯努めたのに違いない。けれど愛情が追いつかない分、余計に追い詰める結果になってしまったのだ。この間、宏を家に誘った時、それは亘にもよくわかった。

いつか、自分も追い詰められるのだろうか。

このまま宏と付き合っていけば、その日は避けられないような気がした。

その時、郁也はどうするだろう。

ふと、亘はそんな事を考えた。郁也も今までのように、『来れば』とは決して言わない気がする。たとえ言われたとしても、亘も行かないだろう。亘には、郁也のように不器用な人間を逃げ場にする勇気はとても持てない。自分の悲しみを他人に預けるのは救われる行為ではなく、何より辛い作業に思えた。

「だけど、桐谷は気合いが入ってるよ」

廊下の窓から、鮮やかな夕焼けが広がっている。オレンジの光が溢れ出し、眩《まぶ》しそうに手をかざしながら郁也は話し続けた。夏の空は一点の曇りもなく、ひたすらにどこかの明るい未来を照らしていた。

「気合い……」

「ああ。言っただろ。きっと、今度ばかりは桐谷を奪れない」

「………」

「安心しろ。俺、おまえらの邪魔はしないよ。高野を……俺が言うのは、えらく場違いなんだけどな……高野を、よろしく頼む」

郁也がそう言った時、亘の気持ちは決まった。

亘は自分の腕時計に視線を落とし、人が変わったようにきびきびとした口調で言った。

「部活は、もう終わってる時間だ。行こう、沢渡」

「行くって、どこへ？」

「決まってるだろ」

亘は、郁也の左腕を摑む。そこは、宏が摑んだのと同じ場所だった。
「高野さんにだって、痛む胸くらいはある筈だ」

期末試験が近いため、部活の時間は短縮となっている。しかし、今日は亘が無断欠席したので、そのフォローに高野は大わらわだった。先輩や顧問を何とか誤魔化し、そうして皆がミーティングを終えて帰った後も、亘の来るのを部室で待っていた。

休んだ亘が部室へ来るとも思えなかったが、一緒に帰る約束が気にかかる。こういう小さな約束事は、できるだけ守ってやりたいと思っていた。

いつだって、大事にするつもりで始めた事は、どこか空回りの連続だった。あなたは気持ちが足らない、と言って傷ついた彼女たちは時に涙すら見せた。宏はどうしていいのかわからず、ごめんと謝るしかなかった。

その点、亘は強いだろう。それに、彼の秘密を宏は知っている。だから、亘とはちゃんと付き合っていけると思っていた。その秘密はささやかだが、一緒になって育てたい類いのものだ。亘が隠し通す限り、宏も知らん顔を続けながら見守るつもりだった。

背後で、ためらいがちにドアの開く音がする。振り返る寸前、宏は視界に入るべき人間の姿を頭に思い描いた。だが、予想は見事に外れ、願望がそこに立っていた。

「沢渡――……」

宏の声に、郁也がそっと瞳を上げる。陽炎《かげろう》のように身体の輪郭が揺れたのは、郁也の身体が微かに震えていたのと、自分の瞳が現実として受け止めていなかったせいだろう。郁也は必死でその場に立ち、そして真正面から宏を見ていた。

「――高野」

と、郁也は言った。

「高野……」

もう一度、くり返した。

「……高野……」

声が喉でつかえて、上手く発音ができていない。郁也は歪んだ笑顔のまま懸命に声を出そうとしていたが、身体の震えは止まらず、唇まで青白かった。

「高野……俺……」

「いいんだ。しゃべるな、沢渡」

ガタガタッと、椅子が耳障《みみざわ》りな音をたてる。立ち上がった宏は、呼吸すらひそめて郁也に近づいた。何か言ったら、たちまち目の前から消えてしまいそうだ。あの夏のように、もう二度と郁也を失《な》くしたくはなかった。

「沢渡……」

そっと、指先を伸ばしてみる。

郁也の瞳が大きく揺れ、ゆっくりと何度も首を振った。

「俺、桐谷は奪れない……」

「え？」

「これが、最後だ」

郁也は乾いた唇を、静かに動かした。

「もう、おまえの恋人は奪らない」

言うなり、踵《きびす》を返して走り去る。あと僅かで触れるほどの距離にいながら、宏はまた郁也を捕まえ損なっていた。

「沢渡……」

これが、最後だ。

この言葉は、何を意味するのだろう。

自分は、郁也から完全な絶交宣言をされたんだろうか。

「高野さん」

自分の身に何が起きたのか、宏にはよく理解できなかった。いつの間にか目の前に立っていた亘にも気がつかないほど、頭は激しく混乱している。瞳には郁也の残像がこびりつき、それは永遠に癒されない傷のように痛み続けた。

「高野さん……？」

「あ――」

ようやく、思考のピントがあってくる。亘が、こちらを心配そうに覗《のぞ》き込んでいた。もしや、自分は夢を見ていたんじゃないだろうか。

思わずそう疑いかけた宏に、亘の言葉が紛れもない現実である事を告げてくれた。

「沢渡、行っちゃいましたね……」

「おまえ、見てたのか……」

突っ立ったままの宏の横を通り過ぎ、亘はさっさと部室の中へ入る。脇に抱えた鞄を手近なテーブルの上に置くと、彼は何もなかったような顔でこちらを振り返った。

「今日は、無断で休んじゃってすみませんでした」

「あ……ああ。そうだ、今度の対外試合、おまえ補欠に繰り上がったぞ」

「本当ですか？」

「二年の古河《ふるかわ》が、捻挫《ねんざ》で出られなくなったんだ。その分も頑張れよ」

「はい」

思いがけない知らせに、亘の端整な顔に赤みが差す。このところ亘はとんとん拍子に腕を上げていたが、まさか補欠に食い込めるとは思っていなかったようだ。

亘は機嫌良く微笑んだまま、屈託なく口を開いた。

「高野さんが、待っててくれてよかった」

「約束だからな。来ないいんじゃないかって、ヒヤヒヤしたぞ」

「まさか」

軽い笑い声が、狭い部室に短く響いて消える。気を取り直した宏は、ドアを閉めて亘のところまで戻ってきた。郁也の事は気がかりだったが、ここで亘を置いていくわけにもいかない。第一、郁也はもう完全に自分を切ったのだ。そう認めるのはかなり辛かったが、それが現実なのだからどうしようもなかった。

「ああ……そういえば」

ふっと、何かを思い出したように亘が声のトーンを上げる。

「前に、高野さんと市民プールの話をしたじゃないですか。ほら、あそこはいろんな噂があるって。それで、最近になって知ったんですけど」

「うん？」

「一つだけ、事実が混じってたんです。だいぶ、脚色はされてましたけどね。それが、なんか不思議なんですよ。俺、ガキの時に足を怪我したじゃないですか。それでしばらく入院してた時、リハビリ室で友達になったお兄さんがいたんですけど、こないだ偶然その人と駅で会ったんですよ。なんでも、大事な友達がこの街に住んでるとかで」

「…………」

「その人、高校の時に市民プールで掃除のバイトしたって言ってました。多分、病気で死んだって言われてるの俺だよって、笑ってましたよ。事実、一日だけ行けなかったんだそうです。だから、あなたを追いかけて行方不明になった恋人はどうしたんですかって、訊いてみたんです……そうしたら」

亘の語る声音には、いつしか力強さが満ち始めていた。そのため、初めは気のなかった宏も次第に話の内容へ引き込まれていく。自分にとっては苦い思い出しかない場所だが、別の人間には希望の生まれる場所にもなりえるのだ。そんな当たり前のことが、沈んでいた心に微かな光を与えてくれたようだった。

亘は、話し続けた。

「その人、言ってました。これから、そいつに会いに行くんだよって。一緒にバイトして、恋に落ちて、それからずっと好きなままだって。恋人は行方不明になったんじゃない、街を出た俺を追いかけてきてくれたんだよって」

「それ、本当か?」

「大事な友達で、恋人で、その全部をプール掃除の数日間で手に入れたって。だから、閉鎖されるって聞いてとても残念そうでした。だけど、本当に凄く幸せそうで……」

「…………」

「リハビリ、まだ大変みたいだけど。その人の病気、一生付き合っていかないとならない種類のものらしいから。でも、俺もつられて幸せな気分になりましたよ。高野さん、あの市民プールに何かこだわってたみたいだから、少しはいい話もあるって教えたくて」

「そっか……ありがとう、桐谷」

大事な友達で、恋人で。その全部を手に入れた。

今の宏には望むべくもない状態だが、何故だか素直によかったと思えた。会った事もない相手なのにな、と苦笑しながら、自分が全てを失った夏へ思いを馳《は》せる。「絶対、あそこでバイトするのはやめような」と力説していた郁也の顔が、瞼《まぶた》に一瞬だけ懐かしく浮かんだ。

「……帰ろうか」

そう言って、亘へ右手を伸ばしかける。だが、宏は無意識に途中で止めた。指先は、亘の腕に触れようとしている。郁也が離せと言った、左の二の腕だった。

「沢渡と比べた？」

「な、何言ってるんだ」

狼狽《うろた》える宏を見て、亘は静かに微笑う。いつか、夕暮れの道場で「付き合いませんか」と口にした時と同じ眼差しで、亘は真っ直ぐにこちらを見つめた。

「俺、本当の事を言います」

あの時と同じ、強い瞳だった。

「俺は、沢渡が好きなんです」

逸らさない瞳から、涙が滲《にじ》んできた。悲しいんだか苦しいんだか、亘自身にもよくわからないようだ。そして、宏に深く深く頭を下げた。

「――すみませんでした」

「知ってたよ」

宏の目が、少し優しくなった。亘は自分のすぐ目の前に立っているが、もう不用意に触れようとは思わない。泣いていても、亘はしっかりと一人で立っていた。

「知ってたんですか……」

「ああ。桐谷、言ってただろう。派手なパフォーマンスで関心を引くって。あれ、俺じゃなくて沢渡に向けての言葉だったんだな」

「なんだ……」

潤んだ瞳を細めて、亘はため息をつく。

「俺、上手く隠してたつもりだったのに……。ダメだな、もっと頑張らなきゃ」

「沢渡には、何も言ってないのか？」

亘は、小さく頷いた。

「絶対に言いません。多分、死ぬまで言わないと思う。でも」

「でも？」

「高野さんは、どうして沢渡に言わないんですか。まさか、沢渡の事を嫌ってるわけじゃないんでしょう？　だったら……」

「………」

言うって、一体何を言えばいいんだ。たった今、これが最後だと言われたばかりなのに。そう思った宏は、何も答えられず困った顔をした。あの夏からずっと、郁也が自分の言葉に耳を貸さないのはよくわかっている。

「高野さんは、ずるいよ……」

もう一度深く息をつき、亘は言った。

今日の事は、一生忘れられないだろう。続けて、そう胸で呟く。こんな風に人前で泣いて、心を全てさらけ出してしまうなんて。きっと明日には、自分でも信じられないに違いない。

——泣けるほど、人を好きになっていたなんて。

「高野さんは、卑怯《ひきょう》だ。本当は、沢渡が欲しいくせに。沢渡しか、欲しくないくせに」

「だけど……。俺は……俺が側にいると、あいつが苦しそうな顔をするから……だから……」

「沢渡が、高野さんを嫌ってるわけないじゃないか。もしそうだったら、別れた彼女たちの分まで辛い気持ちを背負ってしまうわけないでしょう」

「桐谷……」

郁也が自分を嫌っていないなんて、そんな事あるんだろうか。

宏の胸は、たちまち不安と期待でいっぱいになる。指の先まで、熱い鼓動が駆け巡っていた。

「ここまで沢渡を連れてきたのは、俺です。だけど、あいつ嫌だって。今まで高野さんにしてきた事を考えると、もうどうにもならないって……そう言ってました」

確かに、郁也ならそう言うだろう。宏だって、まったく同じだった。行き場のない想いを持て余し、いっそなかった事にしようと無理に心の奥へ封印していた。どんなに郁也を想っても、それが叶《かな》う願いではないと諦めていた。

郁也が手に入らないと思い知った瞬間、この世界に欲しいものなど何もなくなった。

「高野さん、お願いです」

悲痛な響きが、宏の胸を叩く。亘の声だった。

「俺は、沢渡にあんな顔をして欲しくない……」

亘が目を伏せた途端、ぱらぱらと涙が零《こぼ》れ落ちる。亘と駅で別れた時、宏は彼が本当は誰を見ていたのかがわかった。付き合おうと言ってきた時の亘は、その仕種やふとした表情まで全て沢渡郁也のものだった。それだけ想いを込めて、郁也を見つめてきたのだ。

だからこそ、亘が愛しかった。

こいつが郁也に惚《ほ》れているというのなら、自分たちは郁也を通して想いあう事ができるだろう。宏は自分に足らなかった何かが、初めて満たされたような気がしていた。

けれど、そんなのは幻想だ。

郁也も宏も亘も、自分が傷つくのが怖くてそれぞれが本気の嘘をついた。宏はあの夏、別に誰も誘いたくなかった。郁也さえ一緒なら、それでいいと思っていたのだ。だけどそんな気持ちが自分でも奇妙で、誤魔化すための小さな嘘をついた。郁也が関心を持っていた女の子に声をかけたのも、もちろん偶然じゃない。自分を騙すための嘘が、郁也を遠ざける事になるとは思いもしなかった。

「桐谷、頼みがある」

「え……」

「最初で最後の頼みだ。聞いてくれるか？」

「……何ですか？」

「俺、沢渡を探しに行きたい」

その言葉に、亘がゆっくりと二回瞬きをした。睫《まつげ》の端に光る粒が、微かに散る。亘は、見《み》惚《と》れるほど綺麗に微笑んでから口を開いた。

「明日から、楽しくなりそうですね」

宏の前から消えた後、郁也はずっと走っていた。

何から逃げているのか、自分でもよくわからない。とにかく一刻も早く宏から遠い場所まで行って、それからゆっくり考えればいいと思った。

いや、そうじゃない。

もう全部終わったんだ。考えなきゃいけない事なんて、何もない筈じゃないか。

「そうか……」

頭に響く声に耳を傾けた途端、いつの間にか歩調はのろくなり、とうとう郁也は立ち止まる。だいぶ走ったように思ったが、校庭を突っ切って裏庭まで来ただけだった。

放課後の裏庭なんて、まず生徒は立ち寄らない。しかし、今の郁也にとってはむしろその方が有難かった。ため息をついてから発育不良の桜の樹に凭《もた》れ掛かり、頭上の葉陰から零れてくる夕暮れの光に目を細めた。

『俺、桐谷は奪れない……』

それは、勝ち気な郁也が初めて口にした敗北だった。

恋人を間に挟んで、互いを見つめ合う。それは醜く歪んだ形ではあったが、たった一つの宏との繋《つな》がりだった。だが、とうとう郁也は自らそれを放棄したのだ。

亘には勝てない、と思ったから。

本当の恋人が現れた瞬間、宏にとって郁也の存在など無価値になる。これからは、亘が自分とはまったく違う方法で、宏の欠けた部分を引き受けてくれるだろう。

悔しい、と思った。涙が出た。

「好きだ」となんのてらいもなく口にできる、亘になりたいと郁也は思った。

「……沢渡……」

空耳だろうか。

背後で、自分を呼ぶ声がする。

「沢渡……ここにいたのか……」

そんなバカな、と思いながら、郁也は樹の陰からおそるおそる振り返った。けれど正面を見据える勇気が持てなくて、視線は頼りなく地面をさ迷う。

「俺だよ……ちゃんと、こっちを見てくれ」

「…………」

「俺だよ、沢渡……俺を見てくれ」

「た……」

身体が震えるくらい、鼓動が激しく鳴った。

郁也はゆっくりと顔を上げ、そうして目の前の人物を瞳に収めた。

「高野……」

「よかった、すぐ見つかって。もしかしたら、もう帰ってしまったかと思ってた」

「なんで……」

「え？」

「なんで、追いかけてきたんだよ。桐谷を、置いてきちゃったのか？」

郁也の質問に、宏は微笑って頷いてみせる。郁也はぎこちなく唾を飲み込み、かろうじて澄ました表情を取り繕った。

「あんまり可哀相な事すんなよ。あいつは、今までの女の子たちと違って、かなり気合いが入ってるんだぞ。傷ついたら、きっと癒えないほど深い。早く戻ってやれよ」

「桐谷は、そんなに弱くないよ」

「…………」

「第一、あいつを傷つけられる人間は世の中にたった一人しかいないんだ。おまけに、そのたった一人は……俺じゃないから……」

宏の言っている事は、郁也にはさっぱり意味がわからない。思わず不可解な顔をしてみせると、その隙《すき》を突くように宏の指先が伸ばされた。

そのまま身体が逃げるヒマもなく、目許《めもと》の涙を拭われる。しまった、と全身が熱くなったが、その後の宏の行動はもっと郁也を驚かせた。

「……ごめんな」

一言そう呟くと、宏は濡れた指先を愛しそうに口へ含む。思いがけない光景に、郁也は呆然とそれを見つめる事しかできなかった。

指を戻し、宏は透明な眼差しでこちらを見返した。

「沢渡……」

「な……なんだよ……」

「なんで追いかけてきたって、そう訊いたよな？」

「…………」

「全部、話すよ。最初から最後まで、今までの気持ちを一つ残さず。俺、ずっと無神経に人を傷つけてきた。他人に優しくするなんて、土台俺には無理な話だったんだ。だから、今度は沢渡が俺を傷つけてくれ」

「傷つけるって……だから、俺はもう……」

「話し終わったら、俺はおまえに一つの質問をする。その答えは、きっと俺を傷つけるんだろう。でも、いいんだ。それで、やっと俺は沢渡と向き合うことができる」

宏が何を言おうとしているのか、郁也には朧《おぼろ》げながら想像がつく。

けれど、それはあまりに都合のいい夢にも思えたので、やっぱり何も答える事はできなかった。いずれにしろ、宏は全て話すと言っている。それなら、その声に耳を傾けよう。つい先刻、宏は「桐谷を傷つけられるのは、世の中でたった一人しかいない」と言っていた。その同じ唇で、「俺を傷つけろ」と要求をしている。その意味するところがわからないほど、郁也の思考は幼くはない。

「……わかった。話せよ」

決心を固めた郁也が頷くなり、宏が一歩前に踏み込んできた。

「その前に、沢渡にわかっておいて欲しい事があるんだ」

「高野……？」

「俺の話を、友情を前提にして聞かないでくれ。俺は、おまえに……」

「高野……」

「おまえに、欲情してる男だから」

郁也が答える前に、素早く唇が塞がれた。

初めて知る宏の唇は甘く微熱を帯び、それはあっという間に郁也へ伝染する。重ねた唇の感触は、これから宏が話すつもりの何千という言葉よりも、郁也の一番深い部分へ染み入った。流れ込む想いは互いの鼓動を何倍にも早め、不慣れでたどたどしい舌の動きに痛いほど愛しさが募ってくる。

郁也は目を閉じて、唇を開いた。

待ちかねたように熱いため息が注ぎ込まれ、宏がきつく身体を抱きしめてきた。

まるで、二度と離さないとでも言いたげな強い力だった。

亘は、まだ一人で部室にいた。

不思議と、「終わった」という感慨はない。

宏は間違いなく、すぐに郁也を見つけだすだろう。今度こそ全ての怖れを振り払って、郁也へ真っ直ぐ手を伸ばすに違いない。

でも、亘はちゃんと知っている。

これから、自分たちにはついた嘘の分だけ、必ずしっぺ返しがくる筈だ。人間なんてそう簡単には変わらないから、郁也はきっと宏との恋に何度もしんどくなる。始めない方がいっそ楽だったと、後悔する時もたくさんあるだろう。

そうしたら、亘は両手を広げるつもりだった。

『来れば』って、笑って言ってやるつもりだった。

君を見つけた日

「そっか……今日が最後なんだな」

ため息混《ま》じりの声が、思わず口から零《こぼ》れ出た。隣からは、柔らかに笑《え》んだ気配。穏やかだがしんみりと淋《さび》しさが伝わってきて、夏の夕暮れには殊《こと》の外《ほか》よく似合った。

「うん、最後だね」

だいぶ間を於《お》いてから、笑顔の主《ぬし》が名残《なごり》惜し気に呟《つぶや》いた。そっと盗み見た横顔は、橙色《だいだい》の陽光に縁取られてきらきらしている。視線の先には、明日から取り壊し予定の市民プールがあった。あの菱形のフェンスの向こうから、彼が手を振ったのはいつのことだったろう。

細くて長い首、青く浮いた血管。

初めて彼を見た時は俄《にわ》か雨に追われるように走っていたが、今、その右足は駆けることが叶わない。右手の麻痺も完全には取れず、物を摑《つか》むのには少しばかり努力が必要だ。それでも、瞳の強さは昔と変わらなかった。

愛《いと》おしい、と鼓動が告げる。

彼を想う時、和貴《かずき》の心臓はいつでも特別な音を刻む。

「――時田《ときた》」

「何？」

「時田……」

「だから、何だって」

仕方がないなぁ、というように笑って、ようやく彼がこちらを向いた。沈みかけの夕陽が背後で煌《きら》めき、和貴は眩《まぶ》しさに目を細めた。

「本当に、時田なんだなぁ」

「そうだよ。俺じゃなきゃ誰だって言うんだよ。ああ、噂になった幽霊か？　あれは……」

「いいから黙れ。何回、同じネタ使ってんだよ」

くすり、と笑みを含んで、懐かしい会話に胸を痛ませる。あれは、自分たちが初めてキスをした日だった。友情と愛情の狭間で交わした、最初で最後のキスだ。

今はもう、友情で彼には口づけられない。

そこに宿る熱の正体を、知ってしまったから。

「間に合って良かった」

時田東弥《とうや》が、和貴に一歩踏み出しながら言った。

「ここで、もう一度高岡《たかおか》に会えて本当に良かった」

ぎこちない足の運びで、少しずつ近づいてくる。和貴は静かにそれを見守り、辛抱強く東弥が自分に触れるのを待った。本当は力任せに抱き締めたかったけれど、迂闊《うかつ》に扱えば壊してしまいそうで怖かった。

「高岡……」

囁《ささや》くように唇が動き、掠《かす》れた声が耳をくすぐる。

目の前まで来た東弥は、不意にふわりと上半身を傾けた。骨ばった左肩が和貴の右肩に触れ、シャツの生地が微かな衣擦れの音を生む。

「約束、守っただろ」

「え……？」

「いつかおまえに会えたら、俺はまたぶつかるって」

「今の、ぶつかったつもりか？」

「うるさいな。手加減してやったんだろ」

勝ち誇ったように言い、東弥はそのまま和貴に凭《もた》れかかった。尖った顎を右肩に乗せ、長く長く息を吐く。「ようやく叶った」と呟く声音は、語尾が切なく潤んでいた。

「そうだな。俺も、待った甲斐があった」

以前より更に痩せてしまった身体を、和貴は丁寧に抱き締める。

浮き出た肩甲骨の形や、くすぐったく胸を叩《たた》く鼓動。生命力に溢《あふ》れたそれらを裏切るように、体温は夏でも低い。どれもが愛しい相手を形づくる欠片《かけら》で、ひとつひとつに恋が刻まれていた。和貴は何度も記憶から掘り起し、忘れないよう再会の日まで磨いてきたのだ。

けれど、現実の東弥はもっと圧倒的だった。

恋焦がれた日々を軽やかに蹴散らして、その指が力強く和貴を抱き締め返してきた。

「ただいま、高岡」

たくさんの感情が、ひとつの言葉になって耳へ流れ込む。東弥からそう言われる時を、和貴はどんなに待っただろうか。あの日、街から姿を消した彼を追いかけたのは決して無駄ではなかったのだ。

「おかえり、時田」

「……うん」

「ずっと一緒だ」

「うん」

腕の中で、東弥が頷《うなず》いた。少し照れ臭そうに笑っている。何度病室を訪ねても、決して見ることのなかった表情だ。どんなに食い下がろうと、彼や彼の家族は和貴の面会を頑として許さなかった。

「高岡、ありがとう」

「え？」

「俺にたぶらかされてくれて。あの時は悪いことしたと思ったけど、やっぱりおまえが俺の支えだった。高岡と過ごした一週間がなかったら、俺はきっと頑張れなかった。腕でも足でも好きなだけ神様にくれてやるって、そんな風に考えてたと思う」

「たぶらかすって、人聞きが悪いな」

わざと茶化すような言い方をして、和貴は短くため息をつく。

「結局、俺の粘り勝ちってことだろ？　だから、真っ直《ます》ぐ俺のところへ帰ってきたんだもんな？　それくらいは、自惚《うぬぼ》れたっていいだろ。なぁ、時田？」

「高岡、おまえ……」

一瞬絶句してから、東弥がくすくす笑い出した。

「負けず嫌いって言うか、物分かりの悪い大人になったなぁ」

「え？」

「高岡の凄いところだ。ちゃんと、なりたい自分になってる。やっぱり、おまえはいいな」

「…………」

物分かりのいい人間に、なりたくないんだ。

かつて複雑な家庭環境を吐露した際に、自分が発した言葉だ。きっと、東弥はこんな風に何もかも鮮明に覚えているのだろう。それほどに、あの一週間は特別だった。

管理人室の扇風機。

夏の制服。

フェンス越しに絡めた指。

放り投げた緑の傘。青いプールの水底。

どの場面、どの会話を思い出しても胸の痛む瞬間がある。痛みの分だけ想いは育ち、どれだけ離れようと決して褪《あ》せることはなかった。

だからこそ、今ここに自分たちはいる。

何のためらいもなく「ずっと一緒だ」と誓い合える。

「今日が最後なのか……」

初めに戻って、東弥が呟いた。今度は、はっきりと淋しい音色だった。

「何か、やっと夏が終わるって気がするなぁ」

「世間的には、これからが夏本番だと思うけどな」

混ぜっ返すような和貴の返答に、ちらりと視線が向けられる。

「じゃあ、新しい夏を始めようか。俺と高岡で」

「新しい夏？」

「ちょうど、今日がスタートラインだ」

抱き締めていた腕を緩めて、東弥が少しだけ身体《からだ》を離した。しゃんと自分の力で立ち、彼は濁りのない眼差しで真っ直ぐに和貴を貫く。確かに、そこには知らなかった東弥がいた。会わない日々に積み重ねたものが、彼を潔い大人に育てていた。

「俺、もう一度時田に出会った気がする」

感嘆の意を込めて、和貴は正直に言った。成長の分だけ、東弥が苦しいリハビリを乗り越えてきたことが窺《うかが》える。それもこれも、全て自分の元へ帰ってくるためにだ。襟を正し、背を伸ばして、新しい彼を迎え入れようと思った。

「でも、それも当然か。時田、俺にぶつかったもんな。あれで、俺はおまえを見つけた」

「そうそう」

「今日から、またよろしく」

「こちらこそ」

にこりと微笑《ほほえ》んで、東弥がそっと和貴の右手を摑んだ。そのまま指を絡め、ぎゅっと力を入れる。いつかと同じくひんやりしていたが、直《じき》に和貴の熱で温かくなった。

ムクゲの花を、と和貴は思う。

今度は手折《た》らずに、ほころぶ花の下を東弥と歩こう。

もう無理に花びらを降らせなくても、いつでも彼は笑ってくれるだろうから。


先客たちの様子を遠目に眺め、沢渡郁也《さわたりいくや》は小さく息を吐いた。

「ちょっと……今日は無理そうだな」

「ああ。入り口の鍵が開いていたから、ラッキーだと思ったんだが」

「管理人のジイさんさ、やっぱ失業しちゃったのかな。誰もいなかったし」

「いや、従兄弟《いとこ》の話だと引退されたそうだ。息子さん夫婦と暮らすとかで」

「そっか、高野《たかの》の従兄弟って市役所に勤めてるんだっけ」

隣に立つ長身の友人を見上げると、彼もまた自分と同じく困惑気味な様子だ。しかし、それも仕方がない。幼い自意識が生んだわだかまりを解消すべく、事の発端となった市民プールへ足を運んできたが、何となく雰囲気のある二人組に先を越されてしまった。どうしようかと迷っている間に、彼らが抱き合う光景を見る羽目になってしまったのだ。

「何か、これじゃ俺たち覗《のぞ》き魔みたいじゃね？」

居たたまれない思いで郁也が呟くと、高野宏《ひろし》は静かに微笑んだ。

「それじゃ、帰るか。取り壊しの前に、沢渡とここへ来られただけで俺はもういいよ」

「そんなあっさり……」

「俺、多分あの二人を知ってる」

「え？」

意外なことを言い出す宏に、郁也が大きな黒目をくるんと見開く。

「し、知り合いだったのかよ」

「会ったことはないけど、何だか他人な気がしないんだ。だから、邪魔しないであげたい」

「高野……」

「行こうぜ」

ごく当たり前のように、右手を差し出された。

え、と戸惑う郁也をよそに、半ば強引に宏が手を取ってくる。しっかり握られた左手から彼の体温が流れ込み、『友人』という言葉を甘く溶かしてしまった。

「どこ行くんだよ」

引っ張られて前のめりになりながら、郁也は尋ねる。

でも、知りたいのは行き先なんかではなかった。

「高野ってば、おい」

「さぁな、どこでもいい。沢渡と、ゆっくりできるところなら」

「………」

背中を向けたまま答える宏は、耳たぶまで赤く染まっている。そういえば、この間の返事をまだしていなかった。キスの余韻にまぎれて、郁也がうやむやにしているからだ。

「しょうがねぇなぁ」

強く彼の手を握り返して、郁也は笑った。

次に宏が足を止めたら、とっておきの返事をしてやろうと思った。

あとがき

こんにちは、神奈木です。このたびは、本作を手に取ってくださりありがとうございました。この作品はおよそ十年前、クリスタル文庫さんより刊行された『恋の棲《す》む場所』の新装版となります。細かな改稿の他、短い書き下ろしが収録されておりますが、テクノサマタ様による透明感溢れるイラストで、新たな気持ちでお届けできるのを嬉しく思います。

また、こちらは私の作品には珍しく、主役の違う小説二本から構成されています。主役が違うといっても舞台は同じ寂れた市民プールで、そこを軸に物語は紡がれます。どちらも最近のBL小説ではあまり見かけなくなった高校生同士で、そして東京から電車で五時間ほど離れた土地に暮らす普通の男の子たちのお話です。

それでは、各作品について蛇足ながらコメントを……。

『君に降る光、注ぐ花』

以前の文庫でもあとがきで書いたのですが、この作品は私にとってちょっと特別。ほとんど筆が止まることなく、また展開やキャラ造形で悩むこともなく、ノンストレスでいっきに書き上げた小説です。十年以上物書きをやっていますが、そういう経験は今のところ他にありません。そして、いつ読み返しても小説を書き始めた頃の「自分が大好きな世界」を思い出させてくれる大事な作品です。夏の制服、高校生、ひっそりしたプール、などなど、少しノスタルジックな気分で読んでいただけたら嬉しいです。

『悲しい気持ち』

こちらは、もともとプロデビュー前に同人誌で書いたものを大幅に加筆・改稿して最初の文庫の際に収録してもらいました。商業誌向きの内容かと問われれば、自信をもって頷くのが難しいところもありますが、やはり自分では大好きな作品です。そして、できれば今回読んでくださった方にも、気に入ってもらえたらいいなぁと願っています。一般的な三角関係ものとはちょっと毛色が違うし、どの登場人物とも均等な距離感で書いているので戸惑われる方もいらっしゃるかもしれませんが……まぁ、十代前半で拗《こじ》らせた自意識は面倒だよね、みたいな話です（笑）。

『君を見つけた日』

今回の新装版にあたって、新しく書き下ろした後日譚です。あまり長々とその後を書くのはそれこそ蛇足になりそうだったので、ちょっと内容には悩みました。でも、『君に〜』を読んだ感想で「二人がどうなったのか気になる」というご意見が一番多かったので、そりゃ私が読者でも気になるよなぁ、と思いまして。とにかく、読み終わって本を閉じた時にホッとできるといいな、と。彼らを書くのは十年ぶりですから、ちょっと緊張しました。

最後に、新たな出版の機会を与えてくださったルチル文庫様、担当O様、本当にありがとうございました。また、初出のクリスタル文庫様とイラストを担当してくださった円陣闇丸様にもこの場を借りてお礼を申し上げます。

そうして、見ているだけで胸がきゅうっとなるような表情を描かれるテクノサマタ様、素晴らしいイラストをつけていただき感激しています。以前より作品は愛読させていただいておりましたが（何度、落涙したかわかりません）、自分の小説でご一緒できて本当に嬉しいです。お忙しい中、どうもありがとうございました。

今年は本作が一番最初の刊行となります。読んでくださった皆様にも、素敵な一年となりますように。それでは、また次の機会にお会いいたしましょう――。

神奈木　智　拝

ブログ http://blog.40winks-sk.net/　ツイッター https://twitter.com/skannagi
（商業誌情報、近況はこちらで）

✦初出　君に降る光、注ぐ花……………小説アイス
悲しい気持ち……………………同人誌掲載作
君を見つけた日…………………書き下ろし

神奈木智先生、テクノサマタ先生へのお便り、本作品に関するご意見、ご感想などは
〒151-0051 東京都渋谷区千駄ヶ谷 4-9-7
幻冬舎コミックス　ルチル文庫「君に降る光、注ぐ花」係まで。

幻冬舎ルチル文庫
君に降る光、注ぐ花

2013年1月20日　　第1刷発行

✦著者　神奈木 智　かんなぎ さとる

✦発行人　伊藤嘉彦

✦発行元　株式会社 幻冬舎コミックス
〒151-0051 東京都渋谷区千駄ヶ谷 4-9-7
電話 03(5411)6432[編集]

✦発売元　株式会社 幻冬舎
〒151-0051 東京都渋谷区千駄ヶ谷 4-9-7
電話 03(5411)6222[営業]
振替 00120-8-767643

✦印刷・製本所　中央精版印刷株式会社

✦検印廃止

ISBN978-4-344-82722-6　C0193　Printed in Japan